Opium Poppy

DU MÊME AUTEUR

CHEZ LE MÊME ÉDITEUR

Un rêve de glace, roman.

La Cène, roman.

Julien Gracq, la forme d'une vie, essai.

Oholiba des songes, roman.

L'Âme de Buridan, récit.

Meurtre sur l'île des marins fidèles, roman.

Le Bleu du temps, roman.

La Condition magique, roman,
Grand Prix du roman de la SGDL 1998.

L'Univers, roman.

Du visage et autres abîmes, essai.

Petits sortilèges des amants, poèmes.

Le Ventriloque amoureux, roman.

Le Nouveau Magasin d'écriture, essai.

Le Nouveau Nouveau Magasin d'écriture, essai.

Palestine, roman,
Prix des cinq continents de la Francophonie 2008 ;
Prix Renaudot Poche 2009.

Géométrie d'un rêve, roman.

Vent printanier, nouvelles.

Nouvelles du jour et de la nuit : le jour, nouvelles.

Nouvelles du jour et de la nuit : la nuit, nouvelles.

HUBERT HADDAD

OPIUM POPPY

Roman

« À LA MÉMOIRE DE ZULMA
VIERGE-FOLLE HORS BARRIÈRE
ET D'UN LOUIS »
TRISTAN CORBIÈRE

ZULMA
122, boulevard Haussmann
Paris VIIIe

© Zulma, 2011.

Si vous désirez en savoir davantage sur Zulma
et être régulièrement informé de nos parutions,
n'hésitez pas à nous écrire
ou à consulter notre site.
www.zulma.fr

z

*Ils m'ont donné un revolver et quand j'ai tiré,
j'ai vu que c'était sur mon frère.*

BERTOLT BRECHT

I

Encore et encore, on lui demande comment il s'appelle. La première fois, des gens assis lui avaient psalmodié tous les prénoms commençant par la lettre A. Sans motif, ils s'étaient arrêtés sur Alam. À cause de son œil effaré peut-être. S'ils avaient commencé par la fin et s'étaient fixés sur Zia, son œil se serait pareillement arrondi. Mais pour leur faire plaisir, il avait répété après eux les deux syllabes d'Alam. C'était au tout début. On venait de l'attraper sur un quai de gare, à la descente d'un train.

La dame devant lui a des cheveux de paille et un sourire en porcelaine. Elle manipule son stylo par les deux bouts, juste au-dessus d'un dossier bleu gris plein de cases à remplir. « Et ton petit nom, c'est bien Alam ? » Son petit nom, c'est *miaou* pour les chats quand il dort sur un toit, *ouaf* pour les chiens qu'il apprivoise dans les garages avec du sucre volé, ça pourrait même être le cri de la hulotte dans la nuit des forêts. Pourquoi ne lui dit-elle pas son nom à elle ? Tout le monde voudrait qu'il secoue la tête d'avant en arrière, comme une mule trop chargée. Alam, c'était son frère, là-bas, dans les montagnes. La dame blonde s'est levée, elle lui montre un banc de fer. « Maintenant déshabille-toi. » Il ne comprend pas et s'écarte du banc. « Allez, ôte-moi tout ça ! » dit-elle en tirant sur son col. Il lui tourne le dos avec une moue résolue, serrant contre lui ses coudes pour empêcher le vol de son anorak. C'était bien la peine de le lui donner. Si on veut le lui reprendre, qu'on lui rende sa vieille veste. Il y transvaserait sa fortune. Tout ce qu'il possède tient dans ses poches. La dame rit d'un air navré derrière lui. « Allons, presse-toi donc, je vais t'examiner ! » À peine rassuré, il laisse tomber ses bras. « Toi, daaktar ? » demande-t-il dans une volte-face. Pour confirmer la chose, elle sort d'un tiroir coulissant le stéthoscope et s'en affuble. Ses boucles d'oreilles tintent contre l'aluminium. L'enfant a pâli. Il obtempère sans trop regimber, comme si l'instrument d'auscultation était une arme. Tout nu, un léger tremblement dans les genoux, il se laisse manier avec plus de défiance qu'un mouton à la tonte. « Je ne vais pas te manger » marmonne la doctoresse en appuyant l'index sur une cicatrice incurvée en forme de verre de loupe juste sous le sein gauche. Elle laisse glisser son doigt vers une autre trace d'impact, au creux de la clavicule, et palpe pour finir la nuque près du lobe à demi arraché de l'oreille. « On peut dire que tu l'auras échappé belle ! » Ces mots, elle les répète à discrétion, attentive à l'énigme de cette constellation à fleur de peau : trois cicatrices de même magnitude alignées comme le Baudrier d'Orion. Pour rassurer l'enfant qu'elle manipule, la doctoresse se met tranquillement à deviser sans attendre de réponse particulière, manière de mélopée improvisée que ce dernier écoute avec une gravité d'animal captif. « Il y a plein de réfugiés comme toi qui ont fui la guerre, des familles entières, des orphelins, des veuves, des criminels aussi. Mais il faut nous aider. Il faut nous raconter ton histoire. Comment pourrions-nous retrouver les tiens si tu ne nous aides pas ? On sait bien peu de choses, tu viens d'un village du sud, dans le Kandahar, c'est toi qui l'as indiqué sur la carte. Qu'est-il arrivé ? Pourquoi es-tu parti ? Je me demande comment tu as pu survivre à cette mitraillade, ça ressemble à une exécution, d'habitude on ne massacre que les hommes. Les gosses, on les engage ou on les abandonne. Mais tu n'as plus rien à craindre. Notre rôle est de te protéger, tu es à l'abri des méchants. Tu apprendras la langue d'ici. On t'éduquera. On te donnera un métier, un avenir… »

L'enfant regarde les mains trop blanches sur sa peau. Les ossements de buffle avaient cette couleur dans le désert. Il s'étonne qu'on s'intéresse à ses vieilles blessures. Elles ne saignent plus, elles ne lui font plus mal. Des mois ont passé depuis cette histoire. Bientôt, il grandira d'un coup, comme son frère, comme Alam le Borgne avant qu'on l'embrigade.

Dans la classe d'alphabétisation, un peu plus tard, il répond docilement à ce nom qu'on ne cesse pas de lui donner. Quelque chose même en lui s'en satisfait : Alam n'est plus tout à fait mort. Son nom répété par l'inconnu de l'estrade résonne tout au fond de lui et quand il hoche la tête, c'est avec son visage blessé. Aujourd'hui, le maître écrit la date du trois novembre sur le tableau noir. Il explique le sens du mot *être*. C'est un verbe ; la conjugaison lui confère des pouvoirs. C'est par lui que toutes les actions se font : sans lui rien n'existe vraiment. Il n'y a plus de relations. *Je suis, tu es, il est, nous sommes...* Pourquoi faut-il ânonner sans fin la langue des autres et se taire, ravaler ses propres mots, ses chansons. Depuis sa capture, on le traite comme le rejeton de parents imaginaires. On lui apprend des choses irréelles. Les enfants ne servent qu'à plaire aux grandes personnes. Autour de lui, les élèves sourient au maître, ils voudraient des caresses, surtout les filles. À part celle du premier rang, la grande aux nattes plus épaisses qu'une crinière de cheval. Penchée, celle-là affiche une mine de pantin triste, toute cassée, avec des os qui sortent de ses épaules d'oiseau. Parfois, quand elle surgit d'un rêve et qu'on l'interroge, sa voix claire surprend tout le monde. Elle parle avec une gaieté que son corps ne supporte pas. Sa peau noire et lisse attire les moqueries des petits Blancs, ceux qui viennent de Serbie ou du Kosovo, mais elle n'en tient pas compte, elle s'en amuse même. Son regard de panthère sage a des éclats d'ivoire. On dit que toute sa famille a brûlé sous ses yeux lors d'un soubresaut de guerre civile aux frontières de son pays. C'est elle qui le raconte.

C'est Diwani la Tutsi rattrapée par un reliquat de la milice Interahamwe en déroute, rattrapée et violée par ces hordes aux longs tranchoirs recrutées chez les supporters des équipes de football. « Qui peut me faire une phrase au passé simple avec le verbe *être* ? » Le maître questionne sans méchanceté la classe des enfants perdus. On croirait qu'il cherche à se faire pardonner, qu'on lui dise : ce n'est pas ta faute, continue de nous persécuter avec ton passé simple. Grand, les mains larges, il gesticule de la tête et des bras sur l'estrade. Le passé n'est jamais si simple. Les événements ont eu lieu des milliers de fois. On ne sait pas trop comment se repérer parmi les bourreaux, les recruteurs, les passeurs, les douaniers, les délateurs, les policiers. Et qui peut jurer avoir commis tel acte à tel moment précis ? Diwani récite le verbe *sauver* puisqu'on le lui demande : *je sauvai, tu sauvas, il sauva…* Elle s'arrête dans un gémissement et cache son visage entre ses mains. Même les petits Blancs ne rigolent plus. Le maître, gêné, annonce la fin du cours.

Au Camir, sigle aux lettres bleues qui se décline en *Centre d'accueil des mineurs isolés et réfugiés*, un centre de rétention comme un autre, les petits Blancs des pays de l'Est règnent sur les dortoirs et la cantine. Les autres, venus d'Afrique ou d'Asie, manquent d'affinités. Pour faire une bande, il faut être au moins trois et parler la même langue. Les petits Blancs sont une demi-douzaine, ils ont tout éprouvé du désastre de vivre et se vengent. La drogue et la prostitution, plus d'un en a connu la saveur de mort. Des loups aux gueules d'acier leur ont brisé la nuque. Yuko, le leader, âgé d'à peine quinze ans, tient d'eux ses oreilles en pointe et ses pupilles cruciformes. Il prétend avoir tué de ses mains un jeune Tzigane insolent, une nuit, dans un hangar à trains de Belgrade. Les autres le respectent en chiots rabroués. Yuko ne supporte pas qu'on le fixe dans les yeux. Ça lui fait une sale impression, comme si on le touchait au ventre. Ça lui donne envie de frapper jusqu'au sang. Il se balade dans les couloirs du Centre avec un sentiment d'abandon inexorable. Puisque rien des hommes n'est à espérer, il travaillera à devenir pire qu'eux. Il s'y emploie déjà avec ceux qui l'approchent, ses petits frères terrorisés, tous les réfugiés de nulle part. Tenir quelqu'un, c'est lui rançonner chaque instant. Yuko n'ignore pas que si l'administration parvenait à l'identifier, il quitterait l'endroit pour un centre de détention, au quartier des mineurs. On lui reproche assez d'infractions et de récidives loin d'ici, en d'autres pays, et des pacotilles à demeure, certaines passibles de la correctionnelle. C'est une chance parfois de n'avoir plus de papiers. Aucune banque de données anthropométriques n'a pu le repérer. Il connaît ses droits. La Convention de Genève interdit qu'on l'expulse. Il arrive qu'un moucheron échappe aux toiles d'araignée des lois. Au Camir, Yuko supporte mal l'atmosphère d'internat – mi-foyer de jeunes, mi-camp de transit. Mais pas de caïd à cran d'arrêt ou à fusil à pompe ici, ni de grande sœur accro qui lui réclame du fric ; on lui fiche au moins la paix. Il s'échappera avant qu'on songe à le juger. Un arbre dépouillé de ses feuilles oscille au vent dans un repli solitaire du parc. Le front contre une vitre, l'adolescent observe le jeu croisé de deux pies qui sautillent d'une branche à l'autre malgré la tempête. Des nuages de cendre bousculent les toits des maisons ouvrières posées en enfilade sous l'horizon anguleux d'une zone industrielle.

À ce moment, un froissement de pas légers rapproche son regard de la vitre ruisselante de buée, puis d'un angle du couloir. Gracile, Diwani avance sans le voir. Elle ne remarque ni les hommes ni leurs fils et déambule dans une moitié du monde. « Halte ! » lance Yuko en saisissant son poignet. Il rit d'une rage froide, sans rapport avec l'instant, et plie le bras de la fille afin qu'elle cède et s'agenouille. Mais elle ne plie pas malgré la douleur. La nuit de ses pupilles recouvre cette face crayeuse. « Que me veux-tu ? » dit-elle sourdement. Il la lâche et voudrait rire encore, se contraignant pour ne pas frapper. « Rien, je ne veux rien, je te hais, je vous déteste tous, les Blackos, les Reubeus, les Chintoks ! Dégage ou je te sèche ! » Diwani considère le rictus douloureux au bas de ce visage et se souvient du dernier homme, celui chargé de la tuer après que tous eurent poussé leur râle. C'était dans un camp autrement désolé, de l'autre côté des frontières, loin de ses collines.

Attirés par une silhouette derrière la vitre, leurs regards se perdent. Un éclair de connivence traverse ce vis-à-vis muet. Quelqu'un marche en bas, sur la pelouse. C'est le gosse sans nom, celui qu'on appelle Alam. Il a l'air de compter ses pas, comme pour situer un trésor enfoui. Tout le monde au Centre s'inquiète de lui, de ses yeux fixes, du silence qui l'entoure. À onze ou douze ans, il ne s'amuse de rien, ses lèvres remuent des cailloux de syllabes, ses deux mains semblent crispées sur une pierre très lourde qui lui brise les côtes. Toute son attention se tourne vers le ciel ou la terre, dans l'ignorance appuyée des gens. Rien ne lui échappe pourtant. On dirait qu'il s'imbibe en éponge des présences. Et puis il disparaît dans un souffle de fantôme.

D'ailleurs il n'est plus là. De nouveau, les regards de Diwani et de Yuko s'effleurent, incrédules, et reviennent à la pelouse jaunie. Cette fenêtre sur le parc scelle entre eux une façon de pacte lié au présage de l'instant. « Casse-toi, maintenant ! » dit Yuko, gêné d'avoir été percé à jour, ne serait-ce que l'espace d'un battement de paupières.

2

Piégé par l'immobilité, Alam le mal nommé s'égare toutes les nuits dans la même douleur. On l'avait baptisé l'Évanoui là-bas. En chien de fusil sur son lit de fer, des heures durant, il tente d'échapper à l'incendie des rêves. Le ciel couleur de feu est la première image. Le ciel brûle la terre craquelée, vaste conque déserte qu'enserrent des montagnes bleues.

C'était dans les environs de Sangin, à quelques dizaines de milles d'un poste militaire avancé. Les rebelles avaient attendu l'aube pour assaillir le village. Des rochers surplombaient les collines, pareils aux ruines d'une forteresse. Les premières explosions inquiétèrent à peine, tant la région était secouée jour et nuit du fracas de bombardiers volant en rase-mottes. Mais le crépitement de fusils automatiques acheva d'éveiller les habitants. Des familles prises de panique sautaient par les fenêtres et couraient déjà vers les champs de pavots. En quelques secondes, l'assaillant concentra sa puissance de feu. Les paysans tombaient comme des poupées de chiffon sous les balles. De ces draperies qui roulaient au sol semblait jaillir une poussière de soufre. Une femme blessée au cou se mit à crier follement sous son voile ; le sang coulait par-dessus les linges, sur sa poitrine de mère. Les mains contre leurs oreilles, deux petits enfants effarés l'imploraient dans un coin. D'autres femmes s'enfuyaient du côté de la route, à la suite d'un troupeau de moutons. Un âne entravé brayait avec résolution au milieu des insurgés qui déferlaient, kalachnikovs au poing. Des grenades firent taire des pleurs dans une grange. Dès qu'un paysan surgissait d'une porte, un tir ajusté l'abattait. Les enfants se cognaient contre les jambes des assaillants ; ils escaladaient les corps pour détaler vers les collines.

Les bruits d'armes automatiques cessèrent aussi brusquement dans un branle-bas. Un chef de guerre en turban avait donné l'ordre du repli. On entendait vrombir les rotors des hélicoptères de combat : averties d'une manière ou d'une autre, les forces de la coalition envoyaient leur parade explosive. La bande armée se dispersa dans les escarpements avec une promptitude de reptile. Quelques minutes encore, inutilement, les bombes et la mitraille balayèrent les contreforts stériles.

D'autres hélicoptères, ceux-là sans lance-missiles, atterrirent dans un champ d'armoise, à proximité des bâtisses. Précédés d'hommes armés, brancardiers et médecins en uniforme accoururent à travers un ondoiement de mirage. Le soleil d'aube dépliait les montagnes blafardes, au loin, comme les bâches de tente d'un camp de transit. Au vacarme des armes et des rotors succédait un silence de mort. On percevait des râles et des pleurs rentrés. Tout le monde redoutait l'action suicide de quelque rebelle embusqué pour couvrir le repli des siens. Les blessés furent acheminés à l'abri des carlingues avant même d'être identifiés. Très vite, ils furent évacués pendant qu'un commando de parachutistes chu d'un engin porteur de troupes quadrillait le secteur. L'écho de tirs sporadiques tournait encore dans les collines. L'âne n'avait pas cessé de braire. Il y eut d'autres cris, plus aigus ; dans un mouvement de panique inverse, les femmes jusque-là dispersées à l'abri de grottes ou d'éboulis accoururent en direction du village aux trois allées encombrées de cadavres d'hommes et de moutons.

Restés sur place avec le commando, un médecin de l'armée et un infirmier firent le tour des murets de pierres à l'abri desquels se nichaient les masures en pisé. La plupart des blessés s'étaient réfugiés chez eux après le raid, ceux qui n'étaient pas trop atteints. Plusieurs refusèrent les soins des Canadiens. Le médecin distribua des compresses et des antiseptiques. Un vieillard d'une maigreur de cigogne, une barbe blanche tordue entre ses doigts, se laissa examiner le pied. Un éclat de roquette avait brisé des os. Alors qu'on lui fixait des attelles, il sourit de toutes ses rides comme s'il s'agissait d'une visite de courtoisie. Dans ses yeux d'homme, pétilla un fond d'ironie. La chevelure du médecin venait de glisser du calot. D'un geste machinal, le major rangea ses mèches derrière l'oreille. À ce moment quelqu'un l'appela vivement depuis une fenêtre aux carreaux tendus de papier huilé. « Hélène, vite, par ici ! Il y a un gosse grièvement touché ! »

Le soleil surplombait les montagnes qui se détachaient en hautes vagues pétrifiées par-dessus les murets ocre. Dans un repli du dédale, au fond d'une cour, l'enfant recroquevillé semblait mort. « Il respire » prétendit l'infirmier. La femme en uniforme s'agenouilla et déchira des deux mains sa tunique. Elle eut un bref mouvement de recul. « Trois balles de plein fouet. Ça ressemble à une exécution. Je croyais qu'ils ne s'en prenaient qu'aux hommes… » Un hélicoptère du camp fut appelé en urgence. Tout en fixant l'aiguille sur une seringue, elle considérait avec une espèce de défiance le petit corps parcouru de légers soubresauts. La mort voulait se l'approprier et eux ne pouvaient rien que compter les minutes. Sur le terrain depuis un an, le major Hélène ne s'était pas encore habituée à fermer les yeux des enfants. Il lui avait fallu apprendre à refouler ses émotions. La chair blessée n'avait pas d'âme, chose assommée dans la poix de la douleur. Du moins voulait-elle le croire à force d'assister l'agonie des uns et des autres, assassins ou victimes. Hélène supportait mal l'énigmatique dignité des plus jeunes à ce moment, comme s'ils avaient toujours su l'absurdité de vivre. Vêtu des hardes ordinaires aux bergers illettrés des montagnes, celui-là portait curieusement de solides sandalettes de cuir. Les yeux clos, il saignait du nez et des lèvres ; une expression d'infini détachement flottait sur ce beau visage près de se transformer en masque de poussière.

De retour de mission, les lourds hélicoptères de combat hachèrent l'azur au-dessus des pentes illuminées. Le major avait espéré un instant l'arrivée de secours. Les Tigres louvoyèrent à basse altitude autour d'escarpements avant de repartir en flèche vers la base militaire des environs de Salavat. De grands oiseaux peu après les remplacèrent, charognards planant avec une élégance incomparable dans l'atmosphère saturée de kérosène.

Enfouies sous leurs voiles, les villageoises maintenant couraient d'une maison à l'autre, hurlant, implorant Dieu. Les plus vieilles s'étaient agenouillées devant les masures et se giflaient la face en ululant. L'arme en bandoulière, des soldats alignaient les cadavres sur le parvis d'une mosquée. D'autres, aux aguets, patrouillaient le long des murets et à travers champs. L'infirmier revenu vers l'enfant avait interpellé deux ou trois femmes autour d'un puits. Toutes s'étaient dérobées avec un air d'incompréhension. « Sa famille saura bien le réclamer, mort ou vivant ! » dit-il en pointant du doigt un gros insecte qui vibrait en bordure d'horizon. Quand l'hélicoptère de secours atterrit, le major Hélène tâta une nouvelle fois le pouls de l'enfant. Le cœur battait à peine plus fort qu'une paupière qu'on effleure. « Ce serait un miracle » dit-elle seulement.

3

Une femme aux yeux fendus de chat ou de renard l'interroge depuis un temps indéfini. Elle l'appelle Alam d'une voix un peu rauque. Chaque question qu'elle lui pose se termine par Alam. Ça ne lui déplaît pas mais il tremble en secret. Ses mains sont moites. La femme lui montre des images. « Que vois-tu dans ces taches ? » Elle lui tend des crayons de couleur et des feuilles de papier blanc. « Tu vas me faire trois dessins. D'abord, comment c'était avant la guerre, et puis comment c'était pendant la guerre, et enfin comment ce sera après la guerre. » Dessiner, ça ne lui déplaît pas non plus. On peut cacher son visage dans les signes. Il aime la couleur jaune, mais elle ne l'est jamais assez. Il appuie sur la mine au point de la casser. Trois fois de suite, la femme assise en face de lui retaille le crayon avec la lame d'un minuscule couteau. C'était avant, mais la guerre n'a jamais eu de commencement ; elle va et vient comme l'orage. Le jaune lui rappelle la maison quand les fenêtres ouvertes laissaient entrer le soleil et les hirondelles. Le bleu pourrait couvrir la feuille, mais la nuit est en lui. Et puis le noir envahit tout avec ses pattes de scolopendre. Jamais il n'utilise le rouge, le rouge le déchire en dedans. Quand la femme lui tend le crayon, il remarque ses ongles de la même couleur. Ses ongles et ses lèvres qui remuent au-dessus du couteau. Il ne veut pas faire un troisième dessin. Il secoue la tête. C'est trop de fatigue maintenant. « Tu le feras la prochaine fois » dit la pédopsychiatre du service d'hygiène attachée au Centre d'accueil. Elle range feuilles et crayons sans quitter l'enfant des yeux. La cicatrice sous l'oreille au lobe arraché ne manque pas d'expliquer son air farouche. Ce qu'il a vu, son corps l'affiche mieux que tous les tests à l'encre de Chine ou aux crayons de couleur. Pourtant, le jeune Alam garde cet air d'ingénuité qu'on trouve aux petits d'ours ou de loups. Avec cette différence qu'il ne sait plus jouer. Il n'a pris aucun plaisir à dessiner, et voyez comme il se balance sur sa chaise ! La jeune femme se retient de hausser les épaules : sa sentimentalité n'a heureusement d'égale que son sens critique.

Un peu plus tard, elle consignera dans le dossier informatique du jeune Alam X les aléas d'un « syndrome psycho-traumatique différé », en surlignant de rouge ses conclusions : *angoisse de la néantisation, sécession du sens, insensibilité caractérisée aux stimuli émotionnels, anesthésie affective, trouble général d'adaptation…*

De retour dans la classe d'alphabétisation, Alam éprouve la même impression que l'autre fois, avec la doctoresse aux cheveux de paille. Cette huile sur les visages nus, ces mains soignées comme des poupées de fête, ces parfums de fleurs inconnues : tout ce qui émane des femmes de ce pays lui paraît vaguement ensorcelé. Elles l'effraient et l'attirent en géantes sans entrailles. Quelque chose manque en elles, une flamme, un tumulte, mais leur prestance glacée l'effraie un peu. La première fois, quand il s'était retrouvé à errer sur les boulevards protégés des beaux quartiers de Kaboul, les grands mannequins pâles des vitrines l'avaient pareillement impressionné. Comme des mortes d'un autre monde. Dans sa mémoire, étrange blessure livrée au souffle nocturne, il n'y a que des voiles. Il se souvient des petites filles chiffonnières et de toutes ces veuves du soleil vite dépouillées de leur deuil derrière la porte. Dedans ou dehors, toutes les femmes remuaient des linges, elles les lavaient sans cesse et s'en recouvraient, elles les étendaient au vent et les repliaient. Pour leurs nourrissons et pour leurs morts, pour le lit des enfants et les robes de fête, elles coupaient sans arrêt des étoffes, elles les cousaient et les brodaient. C'était comme un nid de chenilles ou de frelons dans la maison, tous ces tissus qui s'entassaient. Un atelier d'araignées tranquilles.

Les femmes ici ressemblent plus à d'immenses libellules. Elles volent sur place avec leurs cheveux et leurs mains en éventail sans vous quitter de leurs yeux de verre.

Le maître s'est tourné vers lui d'un air confiant. Il veut une phrase avec le verbe *être* conjugué au présent. « *Tou yak bandé asté ! Tou yak bandé asté !* » s'écrie Alam l'Évanoui au milieu des rires. Le maître ne comprend pas sa langue. Il ne comprend pas davantage le soninké et le bambara. « Moi non plus, je ne peux pas bien parler, je reste seule » dit la belle Diwani venue à son secours. Le maître perd de sa sévérité et sourit. « Demain, nous apprendrons le futur » conclut-il en effaçant le tableau noir. Grands et petits, ceux du Mali et du Togo, ceux du Pakistan, les Kurdes d'Anatolie, les réfugiés blêmes du Caucase, tous les élèves se dressent d'un seul bond, comme affranchis d'une chape d'indignité, et recouvrent dans les couloirs les allures flottantes du désarroi. Certains se bousculent violemment, le souffle coupé, crachant des insultes. Alam s'écarte d'eux. Il ne veut pas répondre aux bourrades de Yuko. Les mains enfoncées dans les poches de son anorak, il serre d'un côté la douille percutée d'un fusil d'assaut soviétique, de l'autre son cœur de pierre, cristal brut d'émeraude ramené des montagnes. Il ignore ce que l'une et l'autre font dans ses poches mais il les garde comme les clefs d'un monde.

Diwani s'est assise en face de lui au réfectoire. Elle lui remplit d'eau son verre. « On dirait que tu le fais exprès à rien comprendre, s'amuse-t-elle. Mange donc ta purée… » Elle rit de le voir froncer les sourcils. Ce bout d'homme inoffensif, elle prend plaisir à le taquiner, comme les petits frères des camps de réfugiés. Il a bien le temps de se changer en fauve. Les hommes deviennent tous des tigres ou des loups un jour ou l'autre. Ceux qui rentrent leurs griffes sont presque pires avec leur argent et leurs bouches molles. Diwani se souvient des chemins confus de l'exode. Au milieu des viols et des massacres, le désir des hommes est comme une grâce parfois, une sordide indulgence. En face d'elle, Alam contemple le paysage bouleversé de son assiette. Ses yeux s'y promènent comme deux scarabées maladroits. Il tressaille sans raison, un goût de rouille dans la gorge. Sur toutes choses, des images se surimposent au gré des suggestions. La purée bien lissée est une joue de jeune fille. Son regard se perd dans les cheveux de Diwani qui scintillent plus intensément que le ventre pourfendu d'une fourmilière.

Tout se passait alors dans une petite ville minière de la région de Kandahar. La vie de quartier, dans ces espèces de fermes superposées sans basse-cour ni étable visibles, le changeait du silence des campagnes. Comment s'appelait-elle, sa voisine à la voix matineuse ? Tout l'immeuble était fier et jaloux de sa beauté, bien que personne ne l'eût même entraperçue sous le voile. La mère de la jeune fille jurait à la ronde qu'une pareille fleur n'existe qu'au paradis. Comme tous les jours depuis que l'école publique avait rouvert ses portes aux filles, elle et d'autres partaient joyeusement, bien cachées sous l'étoffe bleue du tchadri, afin d'apprendre un de ces métiers d'homme qui se pratiquent en dehors de la maison. C'était défendu dans la plupart des familles, c'était même une offense. On les insultait. Les jeunes gens du quartier les frappaient à coups de poing et de pied. Mais elles voulaient apprendre à lire et à calculer. Chaque jour, elles repartaient gaiement au lycée. Un matin, des garçons en moto leur ont coupé le chemin. Ils ont soulevé leurs voiles. Avec des pistolets à eau, comme pour jouer, ils ont arrosé leurs visages. Alam griffe la purée de sa fourchette. Il soupçonne avec effroi un vague lien entre son assiette et les dérives de son esprit. Les belles jeunes filles, il les imagine tête nue, les cheveux brûlés, la face sanguinolente et déformée comme un derrière de singe. Le vitriol efface d'un coup la rosée miraculeuse des visages. Il n'y a plus personne dans la maison du souvenir… « À quoi tu penses ? » demande Diwani. Creuser des sillons avec les dents d'une fourchette dans l'assiette de purée, est-ce cela penser ? « Je vais partir » dit-il sans réfléchir. « Tu veux quitter le Centre ? On n'a pas le droit. » Dehors, songe-t-elle, c'est pas notre pays, c'est interdit pour nous, les réfugiés de l'enfer. Ici, au moins, personne ne l'oblige à coucher avec des inconnus. On n'arrache pas ses vêtements pour l'abîmer ou prendre son argent. Quand elle était petite, il y avait partout des soldats blancs ou noirs. Les nuits n'étaient pas sûres. Les anciens parlaient du temps des machettes en exhibant la leur, en montrant comment on avait coupé en morceaux leur mère et leurs sœurs et les centaines de mille qui tremblaient de terreur sous le regard indifférent des soldats blancs ou noirs. « Tu n'as pas peur de partir sans rien, sans même une adresse ? » Alam ne sait quoi répondre. Il y a si longtemps qu'il est ailleurs. Une mouche à viande explore le bord de son assiette. Une branche de marronnier se balance au vent dans l'encadrement d'une fenêtre. Des oiseaux taillés dans l'étain du ciel traversent obliquement les bosquets et les toits. Loin, très loin encore, est l'échappée. Au bout des terres, il y a des trains et des bateaux. Et d'autres terres au-delà des mers. « Ton oreille… » murmure Diwani. Il considère l'ivoire de ses yeux et cette blancheur étincelante des incisives sous la lèvre épaisse. Voit-on aussi avec les dents ? La peau de Diwani est bleue comme la nuit. De minuscules cicatrices dessinent un arbre sur sa joue gauche. Il y a des étincelles jusque dans ses cheveux. Ses lèvres bougent à nouveau : « Tu devrais attendre de savoir lire. C'est pas aux flics que tu vas demander ton chemin… »

La nuit ressemble à Diwani tant que les yeux restent ouverts. Dans le dortoir des benjamins, couché sur le côté, il observe le passage d'un point lumineux à travers une fenêtre inaccessible, d'ailleurs grillagée. L'avion prend de l'altitude ; en direction de l'Amérique ou de l'Australie. Il écarquille les yeux pour ne pas s'endormir. Le sommeil est un guet-apens dans la nuit insurgée. Il enfonce ses ongles au creux des paumes. La silhouette dégingandée d'un surveillant se promène entre les lits. Elle se penche du côté des petits Blancs. Ne serait-ce pas plutôt le grand Yuko venu rançonner les gosses à sa solde ? Paralysé soudain, les muscles raidis, Alam cherche à s'échapper vers les hauts plateaux du Kandahar. Il s'endort, il rêve déjà. Quelqu'un de très vieux, une longue pipe entre les mains et la tête enturbannée de fumée, lui raconte l'histoire du jeune homme changé en pierre, des orteils jusqu'au ventre, dans son palais de marbre noir. La cervelle mélange et remue des brassées d'images. Un liquide épais et salé recouvre son visage ; c'est le sang pourri du souvenir. Il appelle à l'aide, sa voix franchit au loin la muraille des ténèbres. Mais Yuko a bondi sur lui et le serre à la gorge. « Ferme-la ! Tu veux me faire repérer ? » La figure penchée a l'aspect d'une lame de faux dans la pénombre. Partir loin d'ici, en Amérique, songe Alam. Un de ses compagnons des égouts de la gare de Rome avait eu le temps de lui donner une adresse sûre, avant la rafle : *le pont d'Alam* justement, près de la tour Eiffel. Un pont peut-il être une adresse ? Yuko pèse de tout son poids sur sa poitrine. La faux siffle un instant encore au-dessus du lit. « Tu veux t'évader, c'est ça ? File-moi ton fric et je t'indique un point de chute, un squat en zup, c'est un plan d'amis... » Yuko ricane on dirait. « Si tu n'as pas de thune, je prends même les médailles, les montres, les dents en or... » Le pas d'un surveillant précipite la retraite de l'intrus. Seul dans la nuit, Alam repousse avec une énergie de condamné le basculement d'échafaud du sommeil. Mais les images resurgissent en vrac, flambantes, déchirées.

4

Bien avant la récolte, la sécheresse avait grillé les fleurs de pavots exposées au vent des Cent Vingt Jours qui souffle sans trêve depuis les plaines d'Iran. La poussière de sel blanchissait les feuilles et les capsules des fruits s'entrechoquaient dans un bruissement de coquillages. « On croirait la mer ! » dit Alam le Borgne. Puis, tristement, à l'adresse de son frère : « Un jour, peut-être, tu verras la mer. » La face creusée comme les montagnes qu'il contemplait, leur père se campait face au vent. On apercevait le village avec sa petite mosquée toute neuve dans un repli aride et les champs intacts le long des massifs protecteurs du Goubahar. De part et d'autre, les cultures traditionnelles alternaient, blé, sorgho, orge, millet, en parcelles étroites arrachées à la pierraille avec la bêche et la charrue. Deux bombardiers tranchèrent le cercle des horizons dans un fracas d'orage sans affecter la physionomie lasse de l'un ou l'autre des paysans rassemblés avant le soir. Ceux-là venaient de quitter les pavots exposés au feu du ciel et au souffle torrentueux : quelques dizaines d'hectares qui leur rapporteraient à peine de quoi nourrir la famille une moitié de l'année. Quitte aux plus jeunes à aller se vendre dans les grosses fermes des basses vallées irriguées ou chez les exploitants de vignes et d'agrumes, en manque de bergers et de journaliers. D'ici quelques semaines, de ce côté des montagnes, le Khan viendrait examiner la récolte d'opium brut dans sa berline blindée toujours précédée d'une escouade de gardes du corps armés jusqu'aux dents. Le Khan était un homme de cœur ; il ne se mettait jamais en colère et s'interdisait tout marchandage. Son prix incluait au jugé l'indemnité que les barons de la drogue accordaient aux paysans. Pour compenser le manque à gagner à la suite de pluies excessives, quand le vent des Cent Vingt Jours avait desséché les plants, ou lorsque la police locale, en mal de bakchich, s'était divertie à l'arrachage d'une part des récoltes. Là-bas, dans les montagnes, les rebelles ne s'occupaient guère d'un trafic qu'eux-mêmes avaient proscrit au temps de leur domination, tant que les paysans sous leur contrôle se pliaient docilement à la charia. Ils visitaient le village à la nuit tombée pour s'approvisionner ou pour rétablir leur autorité, à coups de fouet ou de kalachnikov s'il le fallait. Les plus démunis parmi les cultivateurs laissaient parfois l'un ou l'autre de leurs garçons les suivre dans la montagne. Ils ne pouvaient guère s'y opposer. Les insurgés descendaient de leurs repaires au crépuscule ou au petit matin, armés de fusils d'assaut et de lance-roquettes. La nouvelle mosquée financée par l'Arabie saoudite était un peu leur œuvre, le résultat des bonnes relations entre le chef de guerre de ce district du

Kandahar et les généreux investisseurs du Golfe.

Un bandeau sur l'œil droit, Alam le Borgne considérait un monde sans relief ni perspective. Une grande carte plane où ficher ses repères : là dans l'accordéon des montagnes, le cantonnement des hommes d'Ustad Muhib, le seigneur de la guerre rangé sous la bannière des insurgés, et partout ailleurs, à découvert, l'activité besogneuse d'un peuple fait d'argile et de mémoire. Jamais il ne se plierait à la vie des siens, cloîtrés dans l'âpre soumission et l'orgueil austère. Ici, la mort suintait de chaque capsule de pavot. Entre la mosquée des marchands de pétrole et cette bordure de désert, la vie n'était qu'une interminable érosion épiée par la violence aveugle du ciel.

Sur le chemin du retour, Alam le Borgne ramassa une pierre qu'il fit mine de lancer sur son frère. « Écarte-toi de moi, l'Évanoui ! s'écria-t-il. Je n'ai pas besoin d'un petit chien peureux à mes basques ! » Le gamin esquiva le projectile et s'arrêta, bras ballants, dans la poussière jaune du chemin. Les paysans passèrent tous devant lui, les jeunes et les vieux, certains claudiquant, d'autres appuyés sur un bâton, cohorte lasse nimbée de poussière. D'une seule aile, le crépuscule recouvrit les contreforts du Goubahar. On entendit le cri d'un aigle ravisseur au zénith où se concentrait l'ultime éblouissement de ce jour. Vêtus d'habits grisâtres, les paysans ne se distinguaient plus des buissons d'épines et des arbustes calcinés, dans la cendre soulevée de leurs pas. Leurs ombres s'allongeaient jusqu'à lui, effrayantes comme des mortes qu'on traîne. Rien ne l'étonnait de la brutalité sourde des choses. À son âge, le monde entier était comme la maison du père. Dans la nuit montante, une fois de plus, l'enfant rentrait en silence à la suite du vieil homme et du grand frère désinvolte qui butait sur les cailloux et arrachait d'un bond les dernières feuilles d'un bouleau étique ou d'un amandier. Déjà les cubes serrés des masures se profilaient, dés ou dominos géants sur cette marche oubliée des montagnes.

À la ferme, entre les plafonds infléchis et les murs terreux de la salle commune, il mange la soupe aux pois chiches et aux fèves sous le regard abrupt du maître des lieux. Alam le Borgne, dans l'angle de la table basse, contemple d'un air désolé le fond trouble de son assiette. Les femmes autour d'eux s'agitent inutilement. « Qu'est-ce qu'on va devenir ? » se lamente la mère dévoilée aux nattes grises. Ma'Rnina, la vieille parente, apporte le pain et le sel sans se faire davantage remarquer. Depuis l'exécution sommaire de son époux et de ses deux fils, elle existe moins que jamais, domestique familiale recueillie dans un moment de distraction pieuse. Du coin de l'œil, Alam le Borgne considère tour à tour le seul petit frère rescapé des fièvres infantiles, sa tremblante mère accablée par les mille douleurs du renoncement, et cette veuve effacée jusqu'au plus profond de son être. Et cet homme tant haï enfin, bloc détaché des montagnes, plus froid et dédaigneux qu'une tombe, souche indéracinable en travers du désert. Alam sourit dans sa barbe clairsemée d'adolescent. À quinze ans bientôt, il n'aura connu que les guerres d'invasion, celles qu'on raconte et celles qui tuent, celles des voisins russes ou des Occidentaux. Qui parle de guerre civile ? Les civils comme son père ou ces broutards de paysans ne se mêlent pas de batailles. C'est avec une morne fierté qu'il se remémore l'épisode qui lui coûta son œil gauche, dans un champ de pavots des pentes où il s'employait à entailler la cosse des fruits mûrs. Un accrochage entre une colonne de rebelles et la troupe régulière s'était soldé par un éclat de grenade en pleine face. Il n'avait alors qu'une douzaine d'années mais le soir, sous les compresses d'eau tiède de sa mère, une décision au goût d'adieu s'insinua en lui dans l'égarement de la fièvre. Un jour ou l'autre, quand il pourrait regarder son père en face sans avoir à baisser le front, il quitterait ce village pour suivre le commandant Muhib et les insurgés. Des enfants bien plus jeunes que lui combattaient dans leurs rangs. Pourquoi devrait-il souffrir cette vie de misère au milieu des chèvres bêlantes et des sacrificateurs ? Avant qu'ils n'eussent détruit la petite école construite par les Canadiens, à l'extrémité du bourg, Alam rêvait d'apprendre, de devenir un vrai *taleb*, pas un radoteur de madrasa ; il était le meilleur pour lire et compter. Les insurgés une nuit ont brûlé l'école. Même s'il regrettait les leçons du maître venu de la ville, il savait qu'il ne résisterait pas longtemps au désir de brandir un fusil. Dans ce pays, l'écorcheur de moutons ne peut être qu'un mouton récalcitrant. Alam le Borgne ne manquait pas une occasion d'aller courtiser les rebelles de faction. Il rêvait de montrer un jour sa valeur au chef de guerre, celui-là même qui avait brûlé l'école et chassé l'instituteur dans l'indifférence générale. La récitation des Noms suffit bien aux fils de paysans. *Allahou akbar!* Que peut-on apprendre d'autre face au ciel, dans cette solitude ?

Mais le père a quitté sa chaise en silence. La mère l'a suivi tête basse dans l'alcôve, derrière les tapis dressés en tenture. Ma'Rnina s'est mise à nettoyer la table en chantonnant une drôle de mélopée. Resté devant son assiette vide, l'enfant aimerait bien qu'on lui parle. Les chats et les volailles des cours lui parlent volontiers. Son frère aîné qui s'est détourné affiche son œil mort. On le lui a expliqué une fois pour toutes : c'est à cause de lui qu'Alam est borgne. Il ne faut pas se trouver à la traîne quand la montagne gronde.

L'opprobre remontait au jour de sa circoncision. « Débarrassez-vous des cheveux longs des païens » a dit le Prophète. Les femmes l'avaient rasé de près. Puis les hommes s'étaient emparés de lui. Une main énorme avait détourné sa tête tandis que d'autres le maîtrisaient à la façon du mouton du sacrifice, mais il avait pu entrevoir la lame de l'immolateur qui scintillait entre ses cuisses. Alors il s'était évanoui. Il avait perdu connaissance, à la grande honte de son père. L'assemblée des hommes avait gravement marmonné. Bientôt averties, les femmes s'esclaffèrent. Il était revenu à lui quelques minutes plus tard entre leurs bras nus de laveuses de mort, dûment circoncis et baptisé d'un sobriquet : l'Évanoui. Le soir même, décidé à conjurer le déshonneur, son père lui avait jeté un manche de pioche dans les mains. Ordre lui fut donné de descendre dans la ravine où s'écoulaient les eaux sales du village afin d'estourbir les énormes rats qui s'y réfugiaient. Bien qu'il en eût remonté une demi-douzaine, la gueule sanguinolente, on ne le défubla pas du sobriquet. Il serait à jamais l'Évanoui, pour son village et l'univers.

Ce soir ordinaire au creux des montagnes marquait sans qu'il le sût un passage. Il n'y avait personne pour l'entendre. Même le silence était chargé d'indifférence. La guerre autour de lui espionnait chaque soupir. Sur sa paillasse, dans un petit coin d'une chambre que son aîné occupait toute, il suivait des yeux une blatte sur le tapis de corde à même la terre battue. Un rayon de lune éclairait son cheminement. Dehors, la hulotte poussait son cri tremblé. Alam le Borgne ne dormait pas. Assis sur son lit aux montants de bois rafistolés de fil de fer, il maugréait contre la vermine. De temps à autre, il récitait un bout de sourate avec l'accent aigre du muezzin ou bien se mettait à claquer des doigts sur l'air de *Yellow submarine*. La rêverie secrète sa perle noire dans la nuit. En compagnie exclusive d'une blatte, son jeune frère soupçonnait qu'aucune part ne lui revenait de ces remuements d'éveil. Né dans le désastre informe des guerres, il portait sur lui l'empreinte des vies échouées. Mais quelque chose de la solitude des montagnes le berçait et l'étreignait. À force de gestes simples, comme conduire les chèvres et les brebis sur l'herbette des pentes ou inciser les capsules de pavot, il finirait par imiter assez l'allure des paysans. Avec les années, il se coulerait dans la peau de l'un d'eux, simplement obnubilé par la survie de chaque jour et l'appel à la prière. Mais un rêve l'accapara avec ses coqs de couleur et sa lune chauve. Sur le dos d'une blatte, vêtu d'un pétale, il survolait l'ondoyante multitude de ces petits crânes blessés des champs.

5

C'était une matinée ordinaire. On achevait de peser la résine déshydratée avant de l'empaqueter dans des feuilles de pavot sous l'œil des enfants qui s'interrogeaient sur la nature comestible du produit. Les paysans avaient été avertis de la visite imminente du Khan, un jour ou l'autre de cette semaine. « Quand nous saurons transformer nous-mêmes l'opium, nous serons riches » déclara un jeune exploitant qui possédait les meilleures terres. Les autres se moquèrent bruyamment d'une telle présomption. « Et qui s'occupera du transport, la police peut-être ? » lança un solide gaillard au turban écroulé sur des épaules de yak. « Pourquoi pas nous ? » rétorqua Alam le Borgne du haut de ses quinze ans. « Les armes ne manquent pas dans la montagne. » D'avoir pris la parole au milieu d'adultes le soulevait d'orgueil. Qui parmi eux oserait traverser les check-points et les frontières, risquer le racket au Pakistan ou la pendaison en Iran. Moi ! déclarait intérieurement Alam. Moi, je tenterais le démon des Parsi pour ne plus avoir à bouffer la paille de vos mules ! Mais il baissa la tête sous le regard de son père. Dressé parmi ses pareils, l'esprit calciné par la pensée de Dieu, le vieil homme grimaçait, la face taillée dans l'omoplate d'un ours. Comment cette momie que seuls deux ou trois réflexes habitaient et qui concentrait toute l'absence du désert eût pu imaginer que son engeance existât en dehors de la Règle ? Ça ne l'empêchait pas de traiter avec le Khan, ce Dari aux souliers en crocodile, malgré les avertissements des insurgés. Alam le Borgne était bien placé pour savoir qu'Ustad Muhib, le chef de guerre, n'appréciait pas beaucoup qu'un trafiquant de la cité de Kandahar, grand ami de la police locale, vînt empiéter sur son territoire. Le commandant Muhib ne lui avait-il pas demandé en personne, lors d'une visite de courtoisie à l'imam, de le prévenir des mouvements qui se produiraient dans le village ? Il était un peu son agent secret, contre la vague promesse d'un de ces beaux fusils volés jadis aux Soviétiques. Une fois, sur la route de Gerestik et de Pir Zaden, il avait assisté par hasard à l'exécution d'un renégat, un ancien rebelle devenu horticulteur. Visée à bout portant, la tête avait explosé dans un geyser de sang. Il se souvenait aussi avec un certain malaise de la lapidation d'une femme adultère et de son amant aux portes d'une petite ville à l'est des montagnes du Goubahar, fameuse pour ses mines de cuivre et ses gisements de pierres précieuses. Une foule d'hommes dépenaillés s'étaient mis soudain à jeter de gros cailloux sur les suppliciés masqués d'un sac et enterrés jusqu'à la taille, tandis que les rebelles considéraient la scène avec une morgue amusée, la crosse de leur fusil crânement appuyée sur la hanche.

« On ne s'occupe ici que de nos cultures ! » trancha le père. Opium ou farine de sorgho, son autre fils ne comprenait pas l'importance de ces calculs et de ces manœuvres de pesage conduites avec une application de démineurs. D'ailleurs rien n'avait de valeur à ses yeux, à part l'attention chagrine que lui portait sa mère, quand elle ne mordait pas son voile en pleurant, et les jeux des enfants de son âge bannis de l'école. Lui devait trier les grains de blé ou conduire les brebis sur les pentes. Ceux du village le raillaient, même les filles encore sans voile, les plus juvéniles que les garçons dévisageaient intensément pour garder en mémoire leur beauté vouée au secret. Malgré les rats tués à coups de manche de pioche, on se moquait ouvertement de l'Évanoui. La plupart des garçons camouflaient avec fierté cette blessure intime au bas du ventre, quitte à la retourner un jour en rage aveugle contre l'adversité. Tous, ils avaient été touchés au vif dans leur aplomb de petits mâles. Chiens de leur propre chair, ils devaient désormais laisser croire à leur vigueur, mais plus d'un tremblait en songe sous le rasoir du sacrificateur. N'était-ce pas le but, d'être à jamais coupé des femmes et de leur mystérieuse déchéance ? Lui s'était pâmé d'effroi comme l'agneau à la fête du sacrifice. On le traitait de fille, on lui lançait des pétales de pavot séchés à la face. Comment deviner qu'il pût exister plus grande violence ?

Celle-ci se produisit le lendemain du rituel de

pesée de la récolte annuelle qui précède la saison froide. À leur habitude, sans s'annoncer davantage, le Khan et sa milice débarquèrent en fin de journée, dans leurs automobiles que devançait une brigade de motocyclistes armés. Partis de Kandahar en ordre dispersé pour ne pas attirer l'attention, les trafiquants s'étaient constitués en convoi à l'approche du village. Le statu quo avec les pouvoirs locaux des deux bords, insurgés et police gouvernementale, n'empêchait pas des précautions quasi militaires.

Une fois ses hommes postés aux endroits stratégiques, le Khan se présenta sans détour au porte-parole du village. On connaissait sa superbe, la façon qu'il avait de rajouter quelques liasses d'afghanis de sa poche aux sommes versées par un intendant aux longues moustaches surnommé Ala ad-Din. En chef de clan, le Khan avait l'art de se concilier les antagonismes. Malgré quelques protestations des cultivateurs les moins bien lotis, tout se passa avec une civilité parfaitement avertie des codes propres aux paysans de la région, anciens nomades du désert du Registan, lesquels gardaient un sens aigu de leur indépendance. Le Khan et les sages du village s'entendaient fort bien sur la question du partage des tâches : aux producteurs la récolte du latex, aux négociants le choix de risquer leur vie. On servit le thé sur une terrasse couverte pendant que la marchandise finissait d'être embarquée dans les coffres des véhicules. C'est alors qu'un coup de semonce provoqua un début de panique parmi les villageois : on venait de tirer au mortier depuis les contreforts. Un mégaphone de muezzin se mit à grésiller. Les insurgés exigeaient leur part de la tractation. Leur chef enjoignait aux trafiquants de baisser les armes. L'intrusion du Khan sur leur district constituait une provocation. Mais ce dernier n'avait aucun désir d'entrer dans de nouveaux marchandages. Il fit signe à ses hommes de précipiter la retraite. Ce mouvement visible depuis les hauteurs déclencha un feu nourri. Mitrailleuses et fusils automatiques balayèrent les façades et la poussière des routes, fauchant à l'occasion un chien ou un enfant. L'intendant surnommé Ala ad-Din tomba sous une rafale. Le Khan prit en main un lance-roquettes qui fit taire le porte-voix. Sa milice enhardie arrosa les contreforts de projectiles divers. Les fenêtres et les toits des masures subirent en retour une mitraillade ininterrompue. Le pisé des cloisons se délitait un peu plus à chaque salve. Atteints de plein fouet au milieu des piaillements de volaille, deux trafiquants se trémoussèrent drôlement avant de s'affaisser. L'un d'eux encore en vie se traîna sur les coudes vers un illusoire abri.

Aux premières explosions, Alam le Borgne et son frère s'étaient réfugiés sous une charrette à foin. L'apprenti sycophante se mordait les lèvres à l'idée d'avoir pu être à l'origine d'un pareil chaos. Au-delà de la terreur, son benjamin grelottait sans rien perdre du spectacle. Il s'effarait de la folle dépense d'énergie destructrice pour un si piètre effet. Les armes à feu brûlaient des kilos de poudre. Les douilles jonchaient la place de terre battue où seul un chien blessé s'offrait encore aux balles tandis que la pierre des murets se désagrégeait dans un bruissement de dune au vent. Sans doute s'agissait-il avant tout d'intimider l'adversaire, de le tenir à distance. L'évaporation des villageois terrés dans leurs masures laissait toute liberté aux chèvres et aux brebis. Les bêtes ne s'effrayaient guère plus de ce feu d'artifice que d'un orage. Elles ne montraient d'ailleurs aucune sorte d'intérêt pour celles qui allaient rouler dans la poussière. Une rafale de kalachnikov remua la terre à deux mètres de la charrette. Pour oublier le péril, l'enfant concentra son attention sur les sursauts du chien à l'agonie. Autour de son museau taché de sang, les cris et les détonations prirent un tour irréel. Et si rien n'existait vraiment que des tremblements et des lueurs, si les mots et les gestes des hommes n'avaient pas de sens, si le monde entier n'était que la tétanie d'une bête qui meurt ? Alam le Borgne tenta de le retenir lorsqu'il s'extirpa de sous la charrette pour bondir à travers un feu nourri. Il se mit à danser à son tour sous la pluie de plomb comme pour se prouver que rien n'était vrai, que la mort jouait avec lui, qu'on ne pouvait rien contre l'Évanoui. Étrangement, les tirs cessèrent presque aussitôt de part et d'autre. On vit le Khan et sa milice courir aux véhicules et démarrer en trombe sans provoquer d'autre réaction chez les rebelles. Ces derniers se replièrent peu après sur leurs ânes ou à pied, soutenant de guingois les quelques blessés, en direction des pentes. Quand le silence fut total, les villageois quittèrent les uns après les autres leur abri, l'air égaré. On nettoya la place, on ramassa des chiffons épars, le chien recroquevillé et quelques poules bonnes à plumer. Une fillette touchée aux jambes fut ramenée chez elle. Dans leur retraite précipitée, les trafiquants avaient abandonné l'un des leurs tout couturé d'impacts. C'était l'intendant aux belles moustaches, le collecteur de fonds vidé de son sang. Alam le Borgne sortit le dernier de sa cachette. Il avait contemplé dans la plus grande stupeur la farandole de poulet décapité de son frère, persuadé de le voir s'écrouler d'un instant à l'autre. Qu'il pût s'en sortir indemne le mit dans une rage incompréhensible ; il allait se jeter sur lui pour le battre quand Ma'Rnina vint les héler, les pieds nus et la face creusée par l'angoisse. « Vite ! s'écria-t-elle. Votre père est tombé… »

Sans autre éclaircissement, ils le crurent atteint d'une balle perdue, baignant lui aussi dans son sang. Le paysan gisait au sol en effet, entre la porte du logis et une fenêtre d'où s'étirait un terne rayon de soleil. Leur mère agenouillée, mordant un coin de son voile, balbutiait la mélopée sans âge du malheur. Mécaniquement, elle trempait des compresses dans une casserole pour les appliquer sur le front du vieil homme couché de tout son long comme un caïman assoupi. Les globes des yeux roulaient dans la vasque des orbites. La ligne des lèvres n'était pas plus large qu'une entaille au scalpel sous l'arête du nez. Jaunâtre, tout d'angles et de renfoncements, on eût dit l'un de ces masques en peau de lézard que les caravaniers ramenaient parfois des frontières de la Chine. « Il est mort ? » souffla l'aîné d'une voix sourde. « Non ! Non ! Ses yeux bougent » bredouilla son frère épouvanté par l'insondable virulence d'une telle parole.

Les femmes demandèrent de l'aide. Ma'Rnina avait saisi le paysan par les pieds. « Ce n'est rien, dit-elle, il va se réveiller. Portons-le dans son lit. » Tandis qu'Alam le Borgne vacillait sous le poids du tronc inerte, l'enfant chargé de la branche sèche d'un bras fut pris d'une brusque envie de rire que l'effroi décuplait. Son père se serait-il évanoui comme une fille lui aussi ? On le déposa dans l'alcôve, sur le seul matelas de plumes de la maison. À part le frémissement d'une paupière, aucun signe de vie, mais la terrible sévérité du patriarche transparaissait plus que jamais de cette carcasse inanimée : sculpté dans la loi, il était sa propre statue. « C'est peut-être une attaque, dit Ma'Rnina. Il faut l'emmener chez le docteur. » Sur la face de l'épouse toujours à ses compresses, les pensées avaient un mouvement lent de nuages. S'il mourait, qu'allaient-ils devenir ? Alam était trop jeune pour prendre la succession. S'il vivait, comment le soigneraient-ils ? L'argent du Khan suffisait à peine à payer les dettes et la nourriture. Sur l'injonction de Ma'Rnina, les deux frères coururent chercher l'imam et le chef du village. Mais ceux-ci les rabrouèrent ; ils avaient cinq blessés à secourir et un mort inconnu sur les bras. Leur père évanoui attendrait.

Ce n'est que plusieurs heures plus tard qu'on attela un cheval de trait à la charrette à foin pour transporter à la ville la plus proche le vieil homme et la fillette touchée aux jambes. Les enfants demeurèrent seuls dans la maison éteinte. Ma'Rnina et leur mère en grand deuil s'étaient chargées d'accompagner le paysan. La mémoire est pleine d'images déformées qu'un feu lointain éclaire.

À sept ans et neuf mois, par une nuit d'accalmie, l'Évanoui ouvrit un œil de chat autour de lui : tout était à sa place, les murs livides criblés de meurtrissures, quelques caisses à usage de mobilier, la clarté rêveuse du soir, et même le museau furtif de la souris hors de son trou. Un sentiment d'inquiète solennité entoure certains événements sans exemple, quand un souffle de mort vient remplacer la rumeur ordinaire. Sa vie jusque-là s'était partagée entre les maigres pâtures, les champs de pavots et son village à l'aspect de ruines exhumées ; tant que les insurgés se terraient dans leurs repaires, l'appel du muezzin et la traite des brebis suffisaient à rythmer les jours.

Peu après minuit, le front contre un carreau étoilé de brisures, il considéra un reflet de lune diffracté sur les toits en terrasse et les murailles de ténèbres du Goubahar. Des pipistrelles voletaient autour du minaret au dôme incrusté de motifs en forme d'arc et de diadème. Ni la paix renouvelée des espaces ni les ronflements tranquilles d'Alam le Borgne ne pouvaient le rassurer. La nuit du destin vaut plus de mille mois, dit une sourate, mais il ne voyait pas d'anges et il savait à peine compter jusqu'à vingt-sept. Il fallait veiller, le front contre la vitre, à espérer un signe de salut jusqu'au plus absent des ténèbres.

À l'aube, un soleil blanc sans rayons, comme une mer de lait, se leva sur les montagnes.

6

C'était bien une nouvelle vie, au cœur d'une foule privée d'horizons. La ville est une maison démesurée qu'on se partage entre étrangers. Partout sous les murailles des immeubles, il y avait des carrioles attelées à des mules et des camions, des motocyclettes qui pétaradaient, des marchands en triporteur ou poussant des chariots au milieu d'un encombrement de portefaix, de vendeurs ambulants, d'étals de pastèques et de grenades, de marchands de boissons ou de beignets, de cireurs de souliers, de quêteurs en tous genres et de chiens faméliques. La rue criait dès le petit jour et chaque muezzin faisait plus de vacarme que cent coqs. Les tchadris bleus ou noirs aux cagoules maillées d'un grillage de dentelle contrastaient avec la vindicte boutiquière qui s'étalait sur les chaussées : ces tours de silence circulaient furtivement parmi la multitude débraillée des hommes et des enfants aux pieds nus. Dans les escaliers secrets, d'une enseigne à l'autre, le long des ruelles encombrées d'artisans marteleurs et de maraîchers, de coiffeurs et d'orfèvres munis d'outils minuscules, de mendiants estropiés riches de leurs seuls moignons et de petits vendeurs de cigarettes à l'unité ou de cartes téléphoniques, elles se faufilaient en spectres du plein soleil. Le fracas d'un avion de l'US Air Force franchissant le mur du son ou l'explosion probable d'une mine au loin suspendaient un instant les gestes et les regards. La guerre se rappelait à chacun dans un clignement d'œil vers le ciel. Mais on s'abandonnait sans tarder aux lois secrètes de la cohue, tête basse, dans la grande clameur des destins mêlés.

Au troisième étage d'un immeuble de brique, l'appartement sous-loué à un allié de la famille manquait de salubrité et résonnait des bruits du voisinage autant que des haut-parleurs d'une mosquée proche. Mais à part un mur fendu d'une lézarde au fond du couloir par où se glissait la barbe d'un vieux Sikh, on s'y trouvait à l'abri de la curiosité. En sa qualité d'Évanoui, rien ne l'affectait plus vraiment des pleurnicheries de sa génitrice et des simagrées de Ma'Rnina. Il avait cessé de quémander l'attention d'Alam le Borgne, lequel partait rejoindre les jeunes gens à mobylette aux portes du stade communal dès le premier appel du muezzin.

Dans son isolement, il se prit d'une manière de passion pour la cage d'escalier de l'immeuble, avec sa rampe en forme de serpent qui vibrait de haut en bas au moindre effleurement et ses marches creuses plus mobiles que les vastes tiroirs muraux du marchand d'épices et de semoule. À toute heure et à des allures diverses, y circulait la parentèle inconnue des voisins. Peu d'enfants daignaient le saluer, lui, le rejeton de paysans, avec ses galoches déformées et ses yeux d'antilope. Personne n'ignorait que les nouveaux locataires dépendaient d'une rente épisodique depuis l'accident cérébral du chef de famille. Reclus dans son fauteuil d'invalide au coin d'une chambre sans lumière, le vieil homme attendait qu'on le lave et le nourrisse, la tête penchée sur un abîme. Paralysé et aphone, il exsudait une odeur entêtante de suif et de pavot ; un demi-siècle d'imprégnation rustique semblait devoir s'exhaler de lui. Revenu de la rue ou de l'escalier, son plus jeune fils l'approchait à certaines heures. Assis en tailleur à ses pieds, il le considérait intensément comme ces figures de pierre interdites. Il lui parlait même quelquefois tout doucement, de l'intérieur des lèvres, du dedans du crâne. « Tu m'entends, papa cassé, c'est moi, c'est l'Évanoui. Pourquoi on est là à rien faire ? Qui s'occupe des chèvres et des moutons maintenant ? Pourquoi tu restes là sans bouger ? » Une goutte d'huile coulait de la paupière du vieillard. Son œil ne s'allumait plus de colère. À travers la cornée se reflétait l'étrangeté du jour. L'Évanoui était né de cette statue triste et d'une fontaine, au creux des montagnes, avec pour seule promesse l'appel du muezzin. Et le voici perdu parmi les hommes, entre l'armoire sans fond de l'escalier et les corridors hurlants des rues. Lassé, il finissait par rejoindre l'ombre des paliers. Deux ou trois voisins, parmi les moins soumis aux obligations liées à la charia et au ménage, finirent par remarquer son museau aigu de chat où parfois des toiles d'araignée venaient s'accrocher. Une voix de jeune fille tomba ainsi du hublot de dentelle d'une espèce de scaphandre de toile bleu écru à l'odeur de fleur d'oranger. « Ah ! mais tu dois t'ennuyer, tout seul dans l'ombre ! Tu devrais aller à l'école comme moi… » La voix était si limpide et si enjouée. Guère habitué à ce qu'on lui manifeste un quelconque intérêt, il en fut bouleversé jusqu'au soir. Personne d'ailleurs ne lui adressait la parole. Aussi ne manqua-t-il pas de guetter le passage du tchadri bleu aux mille reflets chaque matin. Comme la jeune fille demeurait au deuxième étage, avec sa bonne mère, une veuve de guerre toujours occupée à ses lessives, il choisissait une marche assez large du premier, dans le tournant, pour qu'elle prît le temps de s'arrêter. « Mais c'est le chat de l'escalier ! » aimait-elle s'exclamer. Ou bien encore, lorsqu'elle était d'humeur sombre : « Tu connais le chemin du paradis, petit chat ? » Elle le trouvait si maigre sous son poil noir, qu'un matin, elle descendit plus tôt pour l'inviter. Alam le Borgne quittait justement le logis et leur jeta un regard dédaigneux avant de s'éclipser. « Viens donc chez moi, s'était-elle écriée, maman t'a préparé un bol de lait chaud. » Comme il refusait avec véhémence de se laisser entraîner, elle s'esclaffa : « Ah ! mais quel sauvageon ! Préfères-tu croquer les souris ? »

Au troisième étage, sur le même palier que la famille, vivait un Sikh infiniment âgé au beau turban de soie blanche. Un jour, rompant avec sa réserve, ce dernier lui donna un gâteau sec un peu effrité, sans doute longtemps oublié au fond d'une poche. Baba Naka habitait cet immeuble depuis des siècles, d'après ses dires ; tous les siens avaient fui au Pakistan, les oncles, les sœurs, la tribu des cousins et des petits-neveux. En vieux célibataire replié dans la foi de ses ancêtres, il ne craignait personne. On pouvait bien lui couper le nez, ce serait une vanité de moins. Le vieux Sikh au turban immaculé prit l'habitude d'offrir un biscuit au maigre habitant de l'escalier, lequel acceptait l'offrande sans remercier comme un rite en faveur du silence. Autant qu'une solennelle barbiche de bouc, son sourire d'or l'impressionnait. Il n'y eut longtemps pas d'autre échange. Un jour, Ma'Rnina fit monter un ramasseur qui dégagea le fond du couloir d'un amas de sacs-poubelle pleins de lambeaux de draps et d'habits, reliquat de leur ancienne vie. Une lueur persistait dans le mur, un reflet profond. L'enfant découvrit alors par cette lézarde une scène énigmatique. Au centre d'une pièce vide, assis sur un tapis, Baba Naka chantait sans voix en s'accompagnant d'un luth réduit à la table décorée d'une rosace et au manche serti de nacre. On ne percevait qu'un bruissement de grillon d'hiver. Mais une si douce harmonie filtrait de cette fluette musique qu'il en fut subjugué. Le Sikh y mettait une ferveur sans rapport avec la portée acoustique. Le chant métallique du muezzin couvrit soudain cette voix sans épaisseur comme surgie d'une image. Si la Terre était plate comme l'affirmait Ma'Rnina, objets et créatures devaient l'être aussi. On faisait trop de bruit et trop de gestes dans ce monde sans relief. Cependant le vieux Sikh finit par distinguer des yeux dans la fissure. Il s'approcha l'air soucieux, sans lâcher son instrument mutilé. « Il faudra bien que j'achète un ou deux litres de plâtre » dit-il avant que son jeune voisin ne se fasse reconnaître par un rire étouffé.

Le lendemain ou le surlendemain, une terrible déflagration brisa des vitres. Comme il arrivait toutes les trois semaines dans un endroit ou un autre de la ville, une bombe artisanale venait d'exploser deux rues plus bas, devant une administration des finances qui abritait un poste de police. Alam le Borgne, follement excité, rapporta les faits et la rumeur dans le quart d'heure. Il avait pu voir la voiture en flammes, les corps des passants déchiquetés, la devanture défoncée de l'édifice et les policiers courant dans tous les sens. « Des gens criaient : c'est la punition d'Allah ! Tous ceux-là sont des pourris, comme au gouvernement, ils volent les pauvres et s'enrichissent avec les aides internationales. Dieu les châtie ! » Ma'Rnina lui ordonna de se taire. « Va plutôt travailler à la mine au lieu de fréquenter les voyous ! » Guère impressionné par la pauvre femme, Alam se rebiffa pour la forme : « De quels voyous tu parles ? Mes amis étudient à la madrasa, ils me donnent à manger, ils m'emmènent au stade sur leurs belles motocyclettes ! » Ma'Rnina haussait les épaules et répétait d'une voix lasse : « Va plutôt travailler à la mine », tout en secouant un torchon par la fenêtre. Alam le Borgne, en gaieté, se tourna vers son frère : « Il paraît que la voisine t'a invité chez elle ? Quelle chance tu as ! Mais, dis-moi, elle est si belle que ça ? Sa mère raconte partout que le paradis d'Allah serait honoré d'une pareille beauté. Toi, tu es tout petit, elle t'a sûrement montré son visage... »

Une fois l'adolescent reparti en claquant la porte, il se sentit envahi d'une infinie tristesse. Les allusions des grands, leurs mots espiègles, cette curiosité avide qui les prenait pour certaines choses, attisaient en lui un trouble sans nom. Il aurait aimé étreindre l'ocre tendre du ciel par-dessus les toits, s'allonger nu et laisser le vent l'emporter comme un nuage jusqu'au secret de l'azur, mourir peut-être.

Tout le quartier fut bouclé dans le quart d'heure qui suivit l'attentat, la police appuyée par un contingent de l'armée inspecta immeubles, cours et magasins. Baba Naka ne répondit pas à ses visiteurs. Ceux-ci avaient poussé sa porte toujours ouverte et s'en retournèrent en crachant sur le seuil. Le vieux Sikh n'avait pas cessé de chanter en grand silence :

> *Vrai. Au commencement Il était*
> *Vrai. À travers les Âges Il était*
> *Vrai. Aujourd'hui Il est*

Par la lézarde, l'enfant des montagnes s'efforçait de ne pas rire. Les hommes en armes qui avaient foulé le tapis du vieillard portaient des chaussures cloutées et des cuirasses de scarabée ; ils avaient des gestes brutaux et hurlaient. Indifférent, Baba Naka se souvenait d'un temps bien pire. Quand les insurgés étaient les maîtres et qu'ils obligeaient les Hindous et les Sikhs à porter un signe sur la poitrine, qu'ils écrasaient les efféminés avec la pelleteuse des bulldozers, qu'ils détruisaient les statues sacrées et les bibliothèques, qu'ils coupaient les pieds et les mains des voleurs, qu'ils brisaient les jambes des danseurs et tous les instruments de musique...

Les forces de l'ordre se retirèrent bredouilles du secteur investi. Pour se consoler, des officiers de police avaient encaissé quelques poignées d'afghanis chez des commerçants mal informés et des particuliers impressionnables. Le soir, quand Alam le Borgne revint au bercail, sa joie nerveuse avait tourné en mélancolie. Dans le réduit qui leur servait de chambre, sous l'ampoule maculée de stigmates de mouche, il ôta son bandeau et se tourna soudain. « Regarde-moi ! lança-t-il. Je suis horrible, n'est-ce pas ? » L'orbite gauche creusée de cicatrices luisantes le défigurait certes, mais en accusant une physionomie autrement irréprochable. Cette tête blessée sur un corps mince et caparaçonné de muscles lui conférait un air de malédiction et de sauvagerie qui exaltait plutôt un excès d'énergie. « Avoue-le donc !

Si elle me voyait, elle hurlerait de peur ! » Alam replaça son bandeau et s'adossa à la fenêtre. Il prit une attitude crâne après cet aveu de faiblesse. « Alors ! reprit-il. La Malalaï, elle est si belle que sa vieille bique de mère le prétend ? Je me demande comment elle peut bien s'intéresser à un petit singe des montagnes dans ton genre ! »

La nuit, l'odeur de suif et de pavot du paralytique se répandait dans tout l'appartement. Couché sur une housse bourrée de vieilles hardes découpées, à proximité de son aîné qui s'agitait sur son matelas, l'enfant se demandait quelle fièvre le faisait gémir et se retourner sans cesse.

Oui, Malalaï était belle, combien plus que sa mère le clamait dans son orgueil de veuve. La première fois, se défiant de toute aménité, il avait refusé de se laisser entraîner. Devant un bol de lait fumant le lendemain, il fut long à y mettre les lèvres. La jeune fille défit presque aussitôt sa calotte brodée puis s'extirpa de l'espèce de tente de chamelier qui la recouvrait, comme il est d'usage en famille et devant les enfants. Ce fut pour l'Évanoui le plus fol éveil. À cette seconde, il lui sembla n'avoir plus d'âge. Une coupe de ciel s'offrait, à côté des pauvres objets de la vie. La veuve tassée sur une chaise de formica souriait béatement devant ce lever de soleil. Jamais il n'avait rien éprouvé de si prodigieux. Une main de lumière née à la pointe de ses cheveux le traversait de part en part, et sa brûlure était plus douce que le froissement des fleurs de pavot au vent d'été.

Existe-t-il des mots pour la beauté ? Le visage de Malalaï était une illumination lente, un secret qui ne cesse de se révéler comme l'horizon en feu contemplé à l'abri du soleil, du haut des pâtures.

Son frère aîné n'avait même pas eu besoin de la voir pour en tomber amoureux. Un parfum et une réputation lui avaient suffi. Chaque soir, son œil unique fixait une image interdite. Un rêve le rongeait. Il interrogeait l'enfant sans nom avec la même véhémence : « Tu l'as vue ? Tes yeux de petit singe ont vu le Paradis ? Raconte ! Dis-moi ce qu'il y a sous le voile ! »

7

Les bureaux du Centre d'accueil des mineurs en situation irrégulière avaient été forcés et mis à sac pendant la première nuit de décembre. Les enquêteurs des services de police n'eurent aucun mal à identifier les protagonistes. Le sort de Yuko, l'initiateur du délit, serait bientôt réglé. On allait l'embarquer pour un centre de rétention administrative des étrangers avant de statuer sur son degré de responsabilité.

Au hasard des interrogatoires, lui et Alam se retrouvent un moment sur le même banc, dans le hall de la direction mal surveillé par un képi somnolent. « On va me mettre en taule, dit Yuko menottes aux poignets. Mais je m'évaderai. Toi, tu risques rien, t'es qu'un gosse, d'ailleurs t'as rien fait. » Alam s'étonne de l'inhabituelle complaisance de ce novice en cruauté. Il croit comprendre à son air soucieux et à son débit haletant que le caïd de dortoir meurt de frousse. Yuko cherche à se raccrocher à un visage familier, n'importe lequel. Du fond de son tumulte, désemparé, il voudrait se cramponner au moindre ersatz de complicité. « Je connais un bon squat! souffle-t-il brusquement au moment d'être emmené. C'est à Bobigny, impasse de l'Usine à briques, derrière le vieux cimetière… » Deux gendarmes viennent prendre livraison du jeune délinquant. Très pâle, Yuko se retourne une fois encore vers le dernier visage connu. « N'oublie pas, Bobigny, l'Usine à briques ! On se retrouvera, hein ? »

Mis hors de cause grâce au témoignage de Diwani, Alam reprend le chemin de la classe d'alphabétisation. Ce qu'il avait pu apprendre autrefois en langue pachto ne lui sert plus guère. On le traite partout en ignare tout comme Diwani, la jolie Tutsi qui connaît pourtant trois idiomes de la région des Grands Lacs. Ce qu'il avait acquis lui-même de savoir-faire à la montagne, avec ses chèvres et ses brebis, était raillé par les citadins. Le peu qu'il aura assimilé plus tard, à l'école publique d'une petite ville minière, on s'en moquait bien chez les sectateurs des seigneurs de la guerre embusqués dans les monts et les vals. C'était comme posséder du sable dans un désert. D'ailleurs, il ne sait plus rien. L'eau de l'oubli coule depuis si longtemps sur ses mains et son visage.

Aujourd'hui, histoire de l'occuper, les maîtres lui enseignent la grammaire française, le passé composé et le plus-que-parfait. De quelle perfection dérobée s'agit-il ? Pour le futur, il a compris, c'est ce qui arrivera fatalement.

Dans le parc aux herses garnies de fil de fer barbelé, le gel a figé les pelouses comme les parterres de roses d'hiver. Les branches des arbres semblent de cristal. Un couple de pies se chamaille sur l'auvent d'un ancien pigeonnier où brille l'objectif d'une caméra de surveillance. On aperçoit des silhouettes de l'autre côté, en contrebas d'un chemin abrupt. Elles vont et viennent, inclinées contre le vent, sur une avenue glaciale. Au-delà d'une ligne blanche d'immeubles, des tours de cheminée et des grues hérissent l'horizon. Les bras contre le corps, serrant au fond de ses poches la douille de cuivre et son émeraude, il foule l'herbe glissante. Là-bas, sur le bitume des routes entrecroisées, des camions-remorques défilent à vive allure. Il n'aperçoit pas de mendiants sur les chaussées, ni de cireurs de souliers ou de vendeurs de cigarettes, pas une de ces figures des rues auxquelles il pourrait demander pourquoi les nuages ont parfois la forme d'une bouche de femme ou combien peut bien valoir une vie perdue au marché noir. C'est un monde désert, sans muezzin ni chameaux accroupis, ni voisin à barbe de bouc. Des ruelles s'enfoncent entre d'identiques pavillons de briques rouges jointoyées de plâtre blanc. Un chat de céramique, queue dressée, se distingue sur un toit de tuiles. Deux colombes vivantes battent des ailes et se détachent d'une antenne de télévision pour se perdre très haut dans la grisaille.

De ce côté du parc, un vieux manteau de pierre recouvre ou remplace les grilles de façade. Mal entretenu, flanqué de candélabres de lierre, il s'affaisse par endroits. Les murs et les montagnes sont moins infranchissables que les claires-voies électrifiées, il a pu s'en rendre compte aux frontières. Derrière un taillis de houx et de thuyas où il s'est faufilé, la muraille se laisse escalader aussi aisément qu'un éboulement sur un chemin de chèvres. Redescendre est plus périlleux, surtout lorsqu'on porte un fourniment de fantassin. Incidemment lui reviennent à l'esprit des rêves de chute sans fin. Mais ses mains sont libres. Le voilà dans la rue.

Il court maintenant sur le bitume, entre deux camions lancés à des vitesses folles. Un souffle de délivrance le porte à travers les gaz des pots d'échappement. Sur l'autre bord de l'avenue, attentif, il se décide à s'engager dans l'une des ruelles montantes. Au vrombissement soutenu des bretelles d'autoroute succède une rumeur ouatée. Les jardins endormis et les volets clos défilent, avec, çà et là, des rideaux qui s'entrouvrent sur un visage déterré ou la gueule distraite d'un chien. Un antique garage aux profondeurs nocturnes exhale une odeur d'incendie. Des senteurs de chaux et de terre remuée signalent un chantier mitoyen. Où fuir, un dimanche d'hiver, dans l'ankylose des faubourgs ? Une avenue tranche à nouveau le tissu pavillonnaire. On aperçoit à l'ouest où perce un soleil bas des buildings et d'épaisses fumées ; à l'est, le ciel craque sur un fouillis léger d'échafaudages et de pieux d'acier. Il a le sentiment de rattraper le chemin interrompu des mille secousses à travers les villes et les campagnes. Mais où aller dans un monde clos qui n'abandonne que ses terres vagues ? Un gros chat gris saute d'un pilier de portail, s'approche, miaule et s'enfuit dès qu'il se penche. Vrais ou de biscuit émaillé, combien de chats rencontre-t-on dans une vie ? Il se souvient d'une histoire de voyageurs. Un aveugle planta son bâton au sol et partit avec un compère musicien découvrir l'univers. En tous lieux, on les accueillait à bras ouverts, on leur offrait des victuailles en abondance et un bon lit pour dormir. En échange, le musicien berçait les crépuscules de ses chants nostalgiques. Dans chaque contrée, l'aveugle écoutait parler les habitants, il imaginait leur façon de vivre. De retour au pays dix ans plus tard, n'ayant rien appris, il demanda à son compère de lui raconter le voyage. Personne ne lui répondit que le vent et le chant des oiseaux. Il s'aperçut alors qu'il avait voyagé seul. Avait-il même quitté son bâton d'aveugle ?

Mais voilà un autobus qui, par chance, s'arrête juste devant lui. En direction des fumées, le véhicule emprunte un tunnel et traverse des ponts noirs. Tassés sur eux-mêmes, les passagers observent d'un œil morne le jeune clandestin sans ticket. Quand il s'était extrait avec d'autres d'une planque ménagée au fond d'une remorque de camion, à proximité d'une gare italienne, voilà des mois déjà, un gamin à l'accent perse, apparemment pachtoune, les avait très vite pris en charge après une course éperdue pour fuir les vigiles et leurs chiens. Contre une obole, on leur avait promis un abri et de quoi manger. Ainsi s'était-il retrouvé dans les sous-sols de la gare, avec quelques boîtes de conserve dans son sac, en compagnie d'une vingtaine de gosses de dix à quinze ans. Des nuits et des jours de marche à travers les montagnes et combien d'autres confiné dans les remorques de camions et la soute d'un cargo, pour aboutir au fond d'un égout. « Ici vous êtes tranquilles, pour le moment », leur avaient expliqué d'autres réfugiés, ceux-là adultes, qui leur concédaient volontiers l'ultime sous-sol des canalisations. Tourmentés par la vermine, souffrant de morsures de rats, tous avaient été capturés par les forces de l'ordre quelques semaines plus tard. Une foule de carabiniers avait investi les bouches d'égout et toutes les issues de la gare pour une chasse aux enfants. Seul, il était parvenu à se soustraire à la rafle en s'agrippant une nuit entière aux arcs-boutants d'une galerie basse submergée d'eaux sales. Lui avait l'habitude de se cacher et de tuer les mulots. Dans les montagnes et les hauts plateaux du Kandahar, la vie est une embuscade permanente. On y dévore ses larmes à l'ombre des cadavres. Les gosses des égouts n'étaient pas habitués. Avec l'argent gagné d'une manière ou l'autre à Kaboul, au bout d'un an ou deux, les plus dégourdis parmi les dizaines de milliers d'enfants des rues pouvaient enfin payer au tarif minimum les transporteurs de tapis et d'agrumes pour Daki ou Istanbul. D'autres convoyeurs du réseau prenaient alors le relais par voie de terre ou de mer, si l'argent ou la vie n'avaient pas été volés entre-temps.

Épuisé, Alam s'est assis sur le banc d'un square, porte de Bagnolet. Des gens le traversent d'un pas vif afin d'éviter l'encombrement du carrefour. Le froid pique ses orteils et la pointe de ses oreilles. Il a oublié son bonnet et d'autres affaires dans le dortoir du Centre. À vrai dire, il n'imaginait pas s'échapper, trente secondes avant de découvrir l'issue. Pas si vite, sans même prendre son sac ni saluer Diwani. Au fond du square, il y a une balançoire. Il se laisse tenter puisque aucun képi de gardien ne se profile. Les jeux d'enfants l'emplissent de mélancolie. La balançoire grince et les arbres dansent. Un homme sale, la face couleur de vin, vient remuer les branches mortes de ses bras au-dessus de lui. Il n'en a pas peur ; seul l'effraie le bruit d'essieux, monotone comme la roue d'un chariot de nomade dans le désert du Registan. « À mort les étrangers, les gitans, les Arabes » dégurgite l'ivrogne. Il se contorsionne bizarrement, s'esclaffe soudain et grimace. Un air de folie creuse son regard. Alam songe aux déments des hauts plateaux, les rescapés des tueries, ceux qui assistèrent à l'incendie de leur maison, au viol de leurs filles, à la décollation des pères ou des fils à la hache. « Donne-moi du pain » dit-il en sautant de son perchoir. L'homme interloqué s'est tu. Il tourne sur lui-même en quête de sa tête. D'un pas mécanique, il court enfin vers un banc et ramène un sac en plastique. Le sandwich qu'il partage dégouline de ketchup et de moutarde. Le temps de mâcher de compagnie ce bout de pain rassis, l'homme aux mains noires se rassérène pleinement. Un sourire ouvre des éventails de ridules au coin des yeux et des lèvres. « Je cherche le pont d'Alam » lance l'enfant à tout hasard. « Tu veux dire le pont de l'Alma ? C'est simple, tu remontes la Seine jusqu'à la tour Eiffel, et quand tu verras un zouave au milieu des pinardiers à touristes et des marsouins… »

Les visages dans la ville passent comme des nuages. Sur les quais, à hauteur de Notre-Dame, quelques heures plus tard, le franchissement des chalands sous l'arche en fonte du Pont-au-Double l'absorbe assez pour oublier sa solitude. Des bateaux, il n'en avait pas vu avant de quitter ses hauts plateaux ; les rivières là-bas sont torrentueuses et la mer n'est qu'un mot. Une femme brune en proue d'une vedette, la robe plaquée et les cheveux au vent, lui fait signe de la main avec une lenteur suspecte. Et si d'un coup tout s'arrêtait, si le fleuve cessait de s'écouler et que d'identiques nuages pavaient à jamais le ciel ? La femme perpétue son geste. Serait-elle taillée dans le bois et peinte ? Mais le bateau-mouche disparaît sous l'arche. Tout va reprendre son cours. Alam aspire l'air glacé. Vivant ou mort, il doit suivre le fil des eaux, telles les bouteilles vides et les branches brisées qui flottent.

8

La pluie froisse les stagnations glauques du canal Saint-Martin. De retour du boulevard de Ménilmontant, entre la troisième écluse et le bassin de la Villette, Zar Gul et Tahar remontent vers le campement chargés d'une caisse de légumes et d'un sac de fruits ramassés sur les décombres du marché de Belleville. Tahar s'abrite d'une main sous un fragment de bâche de chantier. Il écoute à peine son compatriote qui lui évoque une centième fois la possibilité de gagner Londres par les ferries de Cherbourg ou de Ouistreham en évitant Calais. Tahar ne cesse de s'étonner d'avoir pu franchir tant d'obstacles pour se retrouver sans plus le moindre recours à Paris. Entre Kaboul et la Turquie, il y avait encore moyen d'aider les lendemains à éclore. Ici, la misère semble n'avoir plus d'issue. Sans argent ni papiers, on parvient à peu près à survivre. Mais la pluie glacée et les regards tombent sur vous de manière inexorable. L'ennui tarifé de la pitié seul est d'usage, entre deux contrôles et les menaces d'expulsion. Dans l'ouverture du bassin, le campement s'est replié derrière l'écluse, sous les petites arcades. Loin des quais plus animés, à peu près à l'abri des regards, on ne vient guère les déranger pour l'heure.

En attendant une prochaine initiative des forces de l'ordre. La nuit, avec la rotonde de la Villette et les bateaux de plaisance illuminés, on croirait presque le Bosphore.

Les deux hommes ont déposé leur cueillette du jour, fruits blets et légumes glanés dans les amas de cageots après le départ des forains. Autour d'un feu de bois contenu entre des pavés et des plaques d'égout, une dizaine de réfugiés accroupis ou penchés, jeunes pour la plupart, interrogent leur avenir dans les flammes. À moins de quarante ans, Ozour est le plus âgé. Il s'emploie à trier les tomates bien trop mûres avant qu'elles ne pourrissent. Le nez dans le cageot, il félicite les nouveaux venus pour leurs oranges presque intactes. Un collier de barbe révèle plus qu'il ne cache la large cicatrice en travers de son visage. Ses doigts manipulent les fruits avec la même délicatesse qu'autrefois les mines soviétiques ou les bombes artisanales des terroristes pakistanais dans sa vallée du Panjshir. Devenu un temps instituteur aux environs de Kaboul après la mort du commandant Massoud, il parle la langue des fonctionnaires français aussi couramment que le tadjik et connaît par cœur le « Code de l'entrée et du séjour des étrangers et du droit d'asile » garanti par la Constitution et par la Convention de Genève de juillet 1951. Face aux détracteurs obstinés de l'administration, l'ancien démineur récite comme une poésie traditionnelle, sans se tromper d'un mot, les articles 13 et 14 de la Déclaration universelle des droits de l'homme : *Toute personne a le droit de circuler librement et de choisir sa résidence à l'intérieur d'un État. Toute personne a le droit de quitter tout pays, y compris le sien, et de revenir dans son pays. Devant la persécution, toute personne a le droit de chercher asile et de bénéficier de l'asile en d'autres pays.* Plus d'une fois, pour lui et ses camarades, il a fait appel à la Cimade ou à l'Office français de protection des réfugiés et apatrides et même, par courrier recommandé, au Haut Commissariat des Nations unies pour les réfugiés qui siège à Genève. Ozour pourtant est las du voyage. On part découragé, en lâche ou en héros, dans l'illusion d'une autre vie, mais il n'y a pas d'issue. L'exil est une prison.

Avec l'épuisement du jour, un vent noir tombe du ciel et la pluie tourne en neige. Zar Gul et Tahar brisent le bois de vieilles palettes extirpées des bennes à gravats d'un chantier voisin. Les flammes éclairent des visages. « D'où sors-tu, toi ? » s'écrie Ozour en découvrant l'enfant accroupi au milieu du groupe, ses mains crasseuses tendues vers le feu. « J'ai faim » répond Alam en pachto. Les autres se regardent, intrigués. Tahar tend un épi de maïs grillé à l'enfant. « Nous sommes tous Tadjiks et Hazaras ici. Il y a aussi un Ouzbek malade à crever sous la tente. D'où tu viens, toi ? » Mais l'enfant ne répond pas. Il dévore le maïs en souriant. Ozour se met à rire. « N'ayez pas peur du petit taliban ! » Les autres l'imitent bruyamment, rappelés à une joie ancienne. La neige vole sur l'eau assombrie du canal. Elle tourbillonne au-dessus des braises que Zar Gul entretient et jugule entre les pavés. « J'ai travaillé à Kandahar, murmure-t-il en contemplant un génie d'étincelles qui semble combattre l'armée des flocons. J'étais employé aux bagages, à l'aéroport… » Ozour désigne la neige d'une main ouverte. « Tu connais le dicton : Qui tient Kandahar tient Kaboul ! C'est la clique du Président et les trafiquants d'opium qui décident… » Il fait bien trop froid pour étudier la question. On hoche la tête autour des flammèches. À chacun de comprendre ce qu'il veut. « D'où tu viens ? » répète le Tadjik. En français cette fois, Alam dit qu'il a dormi sous le pont d'Alam ou d'Alma, qu'il n'y avait là que des Polonais ou des Ukrainiens. Personne ne voulait qu'il s'approche. On lui criait : « Va mendier sur les boulevards, sale manouche ! » Alors, depuis deux jours, il s'est mis à chercher ses compatriotes le long de la Seine et du canal. « À chercher qui ? ricane Tahar. Les Pachtounes ? Il n'y en a pas ici. Il n'y a pas de gosses non plus. Ceux de ton âge, on en voit à Jaurès ou Stalingrad, sous le métro aérien. »

Les mains dans les manches pour se réchauffer, Ozour croit se souvenir d'un article de la vieille Constitution de l'époque communiste : « Tous les sujets de l'Afghanistan, sans restriction de race, de nationalité ou de liens tribaux, de langue, de sexe, de lieu de résidence, de religion, d'instruction, de parenté, de richesse et de rang social, ont des droits et des devoirs égaux. » Le cercle des visages l'écoute avec une stupeur amusée. « L'égalité, c'est une affaire de riches, dit Tahar. Chez nous, il n'y avait que l'honneur du sang, les chèvres et la charia ! » Une sirène d'ambulance ou de voiture de police suspend l'attention des uns et des autres. À tout moment peuvent surgir les escouades en uniforme de la préfecture. Sous le pont de l'Alma, l'autre semaine, la plupart avaient pu décamper à temps par les escaliers. Le lambin se retrouve illico dans un centre de rétention administrative, à Vincennes ou ailleurs. Une fois reconduit en charter, il pourra craindre pour sa vie. Ni les gouvernementaux ni les insurgés ne portent les transfuges dans leur cœur. De retour au pays, on passe forcément pour un traître ou un espion. « Le gamin ne peut pas rester avec nous ! » déclare l'un des Tadjiks enveloppé dans une couverture de survie. Les autres acquiescent ou se taisent. « Il a raison, dit Ozour. On n'a pas le droit. Cette nuit, le gosse dormira sous la tente, avec l'Ouzbek. Et demain, Dieu s'en charge… »

L'ombre du sommeil a une haleine de mort. C'est un rêve éveillé. Il marche dans la pierraille. Des aigles surveillent le moindre froissement d'armoise. Les chacals rôdent autour de ruines. Disloqués, grotesques dans leur gaucherie de pantins, des cadavres bouffonnent en travers des chemins. Ils tirent la langue, leur rire muet crache un sang noir. Alam tressaille sous la tente ; il se débat contre l'évanouissement. L'éveil ressemble au rêve de chaque nuit. À quelques centimètres, brûlant de fièvre, râle l'Ouzbek malade. Il a soif, il ne veut pas qu'on le soigne. Il préfère mourir que retourner à Kaboul. Son père était un fidèle de Massoud. Une grenade a détruit la famille, les frères et les petites sœurs. Il refuse d'être livré aux tueurs. Alam s'écarte de sa brûlure. Une odeur d'abcès crevé le prend à la gorge. L'ellipse d'une agonie creuse son vertige autour de lui. Un millier de mouches grésillent contre son visage. Les insurgés aiment trancher les mains. Les bombardiers ne font pas le détail. Tous les ennemis courent après l'étrange paix des morts. Des armes blanches tricotent un tapis d'entrailles. Pourquoi les mitraillés perdent-ils leurs chaussures ? Les cadavres aux ressorts tordus, aux yeux de boa, s'agrippent à la dernière image : ce soulier perdu qu'aucune mère ne réclame. L'Ouzbek pousse un cri sourd contre son oreille. Dans sa fièvre, il revoit les flottaisons du passé, un chat maigre sur le tapis de prière, la bouche abîmée d'une vieille qui sourit. Il gesticule mollement face aux arabesques du délire. Son bras s'écrase comme une branche morte sur le buste de l'enfant qui s'alarme des râles et de la guerre. Paris n'est pas si loin des routes bombardées. À tâtons, il erre dans les brumes minées du temps. Une rengaine bat à ses tempes. Comment se défaire du corps encore chaud de son frère ? Il voudrait repousser l'étreinte avant le retour des chacals. Dans un sursaut, Alam se libère. Il se rechausse en tâtonnant, boutonne son anorak et se faufile hors de l'abri.

Le feu est éteint. Tout le monde dort sous des bâches. Une lune de glace se reflète dans les vitres brisées du canal.

Sans repères, les ravines des rues défilent, identiques. Les portes et les fenêtres, les vitrines habitées, n'offrent aucun secours. La neige sous les réverbères palpite comme les fleurs de pavot au vent de la nuit. Ce qui advient entre deux fuites éperdues ajoute à son pressentiment. Personne ne l'attend dans la ville. Chaque jour est un piège tendu. Avec une famille naine, il grappille une aumône frileuse dans les couloirs du métro. Mais le berger des enfants chasse vite l'intrus. De l'autre côté du fleuve, au milieu d'un parc, il accepte les biscuits d'une très vieille dame entourée de pigeons. Dans une allée dérobée que des statues surveillent, un homme traqué passe devant lui, une bave aux lèvres, son manteau ouvert sur un lambeau de chair. Des femmes s'esclaffent un peu plus loin. Elles montrent du doigt le phénomène déboutonné entre les Vénus de marbre. Mais le soir vient clore à nouveau ces simagrées. C'est l'heure de faire son nid de hardes et de ténèbres. Il faut choisir entre la cabane de chantier, la voiture mal fermée garée dans un coin sombre ou l'entresol d'un escalier d'immeuble.

Parmi la foule des vagabonds immobiles, ceux des bouches de métro, des sous-sols et des halls de supermarchés, il trouve à se reposer quelquefois. Une grosse femme cachant un nourrisson dans ses robes et ses pelisses superposées lui accorde toute une nuit sa chaleur. Contre sa joue, le bébé tête un sein énorme pendant qu'au-dessus la mère croque sans arrêt corn-flakes, chips et bananes. Loin des brutalités de l'air libre, le nouveau-né happe comme un poisson ce lait des profondeurs. Blotti sur l'autre sein, l'Évanoui sommeille, gorgé d'un suc d'organes.

Sous le métro aérien de la Chapelle, la nuit suivante, parmi les toiles de tente frappées du sigle des Médecins du monde, les immigrés des pays de l'Est font semblant de ne pas le remarquer. Les enfants ne portent pas chance aux exclus. Mais on lui abandonne l'air de rien un coin tranquille. Quand au petit matin deux ivrognes brisent du verre et s'empoignent, il referme son anorak et s'esbigne du côté des voies ouvertes des gares sans avoir aperçu les clandestins de son âge blottis sous des cartons à quelques dizaines de mètres. Après des heures de pêche à la monnaie aux abords des trains en partance et une course de lièvre sous les boggies pour échapper à la police ferroviaire, il rase les vitrines des magasins de chaussures ou de vêtements de sport du boulevard Poissonnière. Loqueteux, épuisé, il sent que sa cavale risque de tourner court. Les regards sur lui se font de plus en plus inquisiteurs. Jeune ou vieux, quand on vit à la rue, l'essentiel est de montrer bonne figure. À Kaboul, on le laissait à peu près libre, lui et la foule des orphelins des rues ; il pouvait même travailler à l'occasion, laver les pare-brise ou vendre des cigarettes.

Ici, c'est la chasse. Depuis que ses souliers prennent l'eau, pas un uniforme n'oublie d'aboyer après lui. Mais les vitrines illuminées l'absorbent comme des intérieurs privilégiés où ne vivraient que des morceaux choisis d'anatomie, des pieds et des bustes de femme, des têtes à perruque. Longtemps invisible à ses talons, un homme en cravate et gabardine l'aborde. Sa coiffure impeccable et ses verres de lunettes cerclés d'argent contrastent avec une bouche triste de carpe. Sur la défensive, Alam remarque des yeux d'une transparence liquide sous les réverbérations. « Viens chez moi, je ne suis pas flic, je ne te veux aucun mal » chuchote l'individu penché tout de biais. Il appartient sans conteste à l'espèce majoritaire, celle qui accède aux maisons et aux automobiles, aux restaurants, à tous les refuges de l'abondance. Quand l'un des innombrables propriétaires de la ville s'adresse à lui d'habitude, c'est pour le chasser ou lui faire la morale, parfois pour lui négocier un euro d'indulgence. Celui-là arbore un trousseau de clefs en souriant comme une vieille femme. Alam l'a suivi à distance jusqu'à la rue de la Lune. Dans un bel escalier à l'odeur d'encaustique et de souris morte, il s'est faufilé à sa suite.

La porte s'est refermée sur une touffeur fleurant le tabac anglais. Des tentures couleur sang aux fenêtres laissent voir une cascade de toits de zinc hérissés d'antennes et le cimetière chinois des cheminées. Les sujets peints qui s'étalent par centaines sur les meubles et les étagères, soldats de plomb constitués en bataillons, cavalerie, artillerie lourde, troupes de ligne en campagne mettent l'enfant en alerte. Entretient-on une pareille armée sans préparer une guerre ? Embusqué dans son logis, ce drôle d'homme attend peut-être un ennemi minuscule par le trou de la serrure. L'idée l'amuserait presque au vague souvenir d'une barbichette de bouc remuant comme la queue d'un chat dans la lézarde d'un mur. La mémoire a ses élus et ses ambassadeurs. Une des interminables histoires du vieux Sikh lui revient à l'esprit. Azri Svara, le serpent monstrueux, plus cornu qu'un arbre, noir cracheur de venin né des montagnes, finit par être vaincu par Keresaspa, le nain audacieux porteur de masque, mais ce dernier tombe dans une profonde léthargie à cause de trois gouttes de poison postillonnées par le monstre à l'agonie. Entre le mont Demawhand et les plaines de Peshgansai, la région entière où ces combats eurent lieu fut alors frappée d'un terrible sortilège. C'est ainsi que les armées du roi d'Afghanistan parties à la conquête de l'Inde se retrouvèrent pétrifiées à l'image de la sombre rocaille. Seul le réveil du héros porteur de masque avait le pouvoir de les rendre à leur vie belliqueuse, mais le nain dormait à poings fermés au milieu des montagnes et son rêve perpétuait à jamais son combat avec le serpent cornu… Le sens de cette histoire, Alam l'ignore tout à fait. D'ailleurs, c'est à peine s'il se souvient du vieux Sikh au turban immaculé.

« J'étais militaire » déclare brusquement l'inconnu, moins pour justifier sa passion de la miniature que pour sortir son hôte de sa léthargie. Sur son visage passe une lueur de joie puérile vite gommée par un voile de rides. L'air soucieux, il ouvre des armoires, rassemble des vêtements et enfin se précipite à la salle de bains. Un bruit d'eau recouvre sa voix. Toujours sur ses gardes, l'enfant l'entend fredonner. L'homme resurgit en bras de chemise, des pantoufles aux pieds. « Je t'ai préparé des vêtements, c'était les miens, ils sont presque neufs, maintenant il faut se laver… » Alam, perplexe, saisit l'opportunité. Le loquet de la porte rabattu, il regarde l'eau grise tourbillonner dans la bonde. Au sortir du bain, vêtu à la mode des gosses chic d'autrefois, il dévisage fixement son hôte. Celui-ci, gêné, s'empresse de sortir un poulet et des yaourts du frigo. Il tranche du pain qu'il beurre avec une délectation espiègle. « Assieds-toi et mange. Je veux seulement te voir heureux… » L'homme s'assied face au divan, à distance de l'enfant. Distraitement, sans crier gare, il saisit un vieux pistolet jusque-là dissimulé sous un journal plié, un MAC 50 semi-automatique de l'armée française. C'est avec des gestes précis qu'il s'emploie aussitôt à démonter la culasse et le percuteur, un chiffon en main. Les neuf cartouches du chargeur, il les compte et recompte à la manière d'un orant égrenant son chapelet. « Ne t'effraie pas, dit-il, ce n'est qu'un joujou de mon jeune temps, quand j'étais dans l'active. » Tout en dévorant une cuisse de poulet, Alam ne quitte pas de l'œil le neuf millimètres. Là-bas, dans les montagnes du Kandahar, les armes étaient plus nombreuses que les moutons. Les kalachnikovs et les mitrailleuses abandonnées par les Russes en déroute, les fusils d'assaut américains distribués par caisses entières aux seigneurs de la guerre, les armes lourdes convoyées en pièces détachées par les caravanes de chameaux en provenance du Pakistan. « Lieutenant Pierrot, au rapport ! » s'écrie en pouffant l'homme assis. « Ne t'en fais pas, je pensais à des choses » rajoute-t-il d'une voix fluette après avoir calé d'un coup sec son chargeur.

Alam s'est endormi sous le regard figé du militaire à la retraite. Nul autre rêve ne l'habite qu'une vague impression de déambulation nocturne dans un bruit continu de ferraille qu'on trimbale. Il s'éveille sur le divan. Face à lui, entre deux poutres limitant une cloison de briques vernies, un christ d'ivoire est planté, nu comme une vieille dent, sur un grand crucifix de bois. Jamais il n'aura passé une nuit plus tranquille. Habillé de neuf, ses fétiches dans les poches, il n'a plus qu'à chausser ses mauvais souliers et enfiler son anorak. Le pistolet traîne toujours sur la table basse. L'homme n'a pas bougé de son siège, l'air abattu, les lèvres tremblantes. « Merci, dit-il seulement. Merci de m'avoir fait confiance. »

C'est en descendant l'escalier que l'image du mur et de la croix s'associent sans qu'il y pense au souvenir de Yuko menotté. «Impasse de l'Usine à briques, à Bobigny, derrière le cimetière», lui avait soufflé l'adolescent avant que deux gendarmes sourds et muets l'entraînent hors du Centre.

Au rez-de-chaussée, entre un grand miroir et la porte vitrée d'une loge de concierge, un chat à longs poils l'arrête d'une cabriole amicale. Lui non plus ne manque pas de confiance. Le bel animal s'approche et lui parle d'une voix éternelle. Seuls les chats et les ânes ont partout la même langue.

9

Les irruptions tonitruantes des avions de chasse F-16 et F-18 et des bombardiers B-1 des forces américaines secouaient l'espèce de vieil arbre chenu de la cage d'escalier et toutes les portes des paliers. Des explosions en kyrielle résonnaient presque en confidence à bonne distance de la ville. Tard le soir, longtemps après ce nouvel orage, il était demeuré assis sur une marche, à espérer le retour d'Alam le Borgne parti furieux rejoindre ses acolytes du stade à cause d'un reproche de Ma'Rnina. Quand un long cri inarticulé réveilla tout l'immeuble. Le premier sur place, il ne comprit pas d'emblée la scène. Ma'Rnina et sa mère qui piaulait, la face dévastée par les précipitations de l'âge, se penchaient vivement sur le paralytique, le secouant et le becquetant comme deux pies aux prises avec un lézard. Voulaient-elles lui faire payer leur vie de sacrifices ? Il se jeta entre elles dans un geste de protection. L'œil du vieillard, indifférent, scrutait l'au-delà d'un mur. Tous les fendillements, cassures et craquelures s'étaient redistribués de manière harmonieuse sur cette figure qui lui apparaissait soudain comme achevée, miraculeusement accomplie. Il effleura la main crispée sur le bras articulé du fauteuil et murmura le mot définitif que les deux femmes repoussaient depuis un moment par leurs exhortations. Elles se turent incontinent et toisèrent l'enfant avec horreur comme s'il venait d'injurier son père. « Il est mort » répéta d'une toute petite voix l'Évanoui, sans ôter sa main de la racine de nerfs et d'os crochetée au montant d'aluminium. Rattrapée par le poids de la fatalité, Ma'Rnina, la première, recouvra les mots et les gestes d'usage.

Quand Alam le Borgne de retour du stade pénétra dans l'appartement, il ne manqua pas d'être fort impressionné par cette tardive assemblée de voisins autour de sa mère en larmes. En l'espace d'une seconde, il reconnut la silhouette de Malalaï. Elle ne portait qu'un voile lui dénudant un coin de visage, juste l'aile du nez et la commissure des lèvres. Le choc ressenti fut accru jusqu'à l'effarement par le spectacle incongru d'un corps tout enturbanné de blanc couché à même le sol et de son jeune frère en prière. « Ton père est mort par ta faute ! » lui lança sèchement Ma'Rnina.

Dès le lendemain, on enterra le défunt nu et embaumé dans un grand drap noué selon les préceptes. L'imam fit ses bénédictions en temps et en heure, il annonça comme il se doit la mort civile de la veuve et les devoirs des enfants. Alam le Borgne manifesta un repentir abrupt. Il se rasa la tête et pleura des jours et des nuits. On le vit exécuter les cinq prières avec une énergie appliquée, comme s'il pliait et repassait du linge. Puis il disparut de nouveau un matin. Tout le monde supposa la crise du deuil passée ; il revint le soir même, harassé, la face noircie, et se coucha sans un mot. À l'aube, pareillement, il quitta le logis pour rentrer avant la nuit, aussi fatigué et sale. On crut comprendre qu'il s'était fait embaucher à la mine de cuivre. Dès lors, toutes les fins de semaine, il donnait une part conséquente de sa paie à Ma'Rnina, seule apte à gérer un budget, le reliquat servant à rembourser le crédit de la mobylette qui le transportait à la mine, distante d'une bonne dizaine de kilomètres. La conversion d'Alam le Borgne avait deux causes insécables : le remords et le cataclysme amoureux. Autant que la mort subite du paralytique, la vision subreptice de la jeune voisine l'avait foudroyé. Il ne demandait plus à son frère, le soir, dans sa curiosité arrogante de jeune mâle, combien la voisine était belle, quel dessin formait sa bouche, de quelle texture était le grain de sa peau, si elle avait de la poitrine sous son caparaçon de toile. Rompu par l'épreuve des tréfonds, Alam le Borgne n'interrogeait que le silence de la nuit. La vindicte des contremaîtres, la poussière âcre et le vacarme des turbines de forage, des marteaux-piqueurs et des bennes crissant sur leurs rails, le vidaient de ses forces au point que Ma'Rnina devait lui porter au lit le bol de soupe aux fèves. Le minerai des songes luisait quelques instants dans l'épaisseur aveugle du sommeil ; Malalaï lui souriait, le visage tellement dénudé qu'il en tremblait de honte et de plaisir. Elle l'agréait uniquement par ce geste qui ouvrait des horizons. Il n'y avait plus personne entre eux, les pères avaient succombé et les mères étaient folles à lier, rien ne les séparait qu'une volée de marches et c'est les bras tendus, vacillant, qu'il s'efforçait d'atteindre son palier. D'ailleurs il la voyait à travers les portes et les murs, si parfaitement belle que vivre ou mourir n'avait plus aucun sens. L'atteindre était l'unique fin ; un seul instant comptait, celui qui abattrait toute distance entre elle et lui. Geignant et couvert de sueur, il sortait du sommeil sans souvenir. Vite levé, il jetait un coup d'œil incertain sur la nuque fraîche de son jeune frère couché en chien de fusil. Sa prière faite à l'appel du muezzin, prêt à reprendre la route des mines de cuivre, il songeait avec une bouffée d'euphorie aux minutes de répit qu'allait lui laisser sa course contre le vent sur sa mobylette neuve aux chromes étincelants.

Mais l'Évanoui ne dormait pas. Depuis les funérailles, il vivait lui aussi d'exquises déchirures. La folie amoureuse d'Alam le Borgne ne faisait qu'exacerber sa propre ferveur pour Malalaï. Cependant il n'était pas jaloux. Il concevait très bien qu'on fût épris d'elle jusqu'à en perdre l'esprit. À quelques mètres, derrière ces murs, évoluait une merveille de la vie, une créature de lumière que le deuil barbare de ce monde contraignait à se camoufler. Lui seul pouvait la contempler à sa guise. Malalaï était le lait chaud de ses yeux ; elle l'accueillait presque nue, dans sa longue tunique serrée à l'encolure et aux poignets. Son cou d'oiseau migrateur, ses mains de sucre, ses fines chevilles qui vibraient à chaque pas, n'était-ce pas ce que nul ne pouvait voir ? Lui seul avait droit aux parfums et aux bijoux, au sein voilé, à la jambe dissimulée. Malalaï aimait plaisanter et s'esclaffer. Ses lèvres se retroussaient alors, ses cheveux aux reflets bleus se répandaient sur sa nuque et une source de joie ruisselait sans prévenir. Avant de rire timidement à son tour, il en était presque offusqué. Sa beauté s'abandonnait sans cette arrogance outragée des jeunes filles de l'école. Elle en jouait avec une coquette nonchalance, comme d'un chat persan entre des mains languides. Par exception, de retour du lycée d'État, elle laissait entrer l'enfant de l'escalier et s'amusait à lui faire la lecture. Sous l'œil inquiet de sa mère analphabète qui brodait les manches d'un tchadri, Malalaï cueillait les vers d'un livre de chansons rassemblées par l'illustre Majrouh, assassiné à la fin de la première guerre, bien avant sa naissance : « Quand tu reviendras déchiré par les fusils de la nuit, je recoudrai ta peau de mes baisers, ô mon soleil. Ou je soufflerai sur ta poussière après minuit, mon bien-aimé… » Attentive, sa mère hochait la tête. Il n'y avait pas si longtemps, celui ou celle qui osait lire de pareilles choses eût risqué la lapidation. Était-ce en un autre siècle ? Elle avait perdu son mari dix ans plus tôt, lors des combats contre les insurgés alors au pouvoir. Le père de Malalaï était un homme respecté qui récitait par cœur chacune des cent quatre sourates et refusait de se plier aux criminelles interprétations de la charia. Dans son peu d'usage du monde, elle lui avait attribué d'immenses pouvoirs avant qu'une mitraille jaillie de la flamme d'un feu sans fumée détruise ses pauvres illusions. Elle ne comprenait guère qui décidait maintenant et tremblait d'angoisse quand Malalaï partait en classe avec trois adolescentes du quartier. Chaque jour, sa fille lui rapportait les nouvelles des événements : Ils ont brûlé un camion rempli de livres pour les écoles sur la route de Kandahar ! Dans la région du Nuristan, ils ont égorgé les professeurs et incendié toutes les écoles... » La veuve hochait toujours la tête, ne sachant plus en quelle époque elle vivait, en quelle étrange réclusion. Le soleil, la lune, le vent, les bêtes sauvages et les hommes s'agitaient dehors. Le plein air appartenait aux mâles et aux pierres. Cloîtrées dans leurs murs et leurs voiles, les femmes, elles, finissaient par perdre toute notion du temps. Et qui fallait-il croire, l'imam, les terroristes ou le gouvernement ? Avant son deuil, quand Malalaï n'était qu'une enfant, les épouses et les filles à marier ne devaient pas s'approcher des fenêtres ; d'ailleurs toutes les vitres étaient peintes en blanc. Il leur était défendu de sortir sans un *mahram*, parent vieux ou jeune. Le fouet arrachait la peau de celles qui exhibaient leurs chevilles ou riaient en public.

Rentré chez d'autres veuves, un étage au-dessus, l'Évanoui s'enfermait avec son manuel de lecture. À peine attentif aux criailleries des oiseaux et de ses congénères échappés d'une madrasa, il s'efforçait d'imiter la voix chantante de Malalaï. Épeler les syllabes était une manière de boire à même ses lèvres, mais il ne lapait encore que goutte à goutte la salive des mots alignés. Grâce à l'entremise de la jeune fille, on l'avait inscrit à l'école publique peu après la mort de l'invalide. Ceux qui ne savent pas lire s'effraient des moindres démarches. Ma'Rnina accepta pourtant l'idée d'être débarrassée du gosse, bien qu'elle eût de loin préféré l'école coranique. Depuis ces guerres sans fin, des millions de veuves attendaient qu'une main ferme tienne en respect leurs garçons. Et puis l'imam ne plaisantait pas avec les Cinq Piliers.

Ce n'est que le soir, après avoir salué quantité de gens dans l'escalier, tout le voisinage apeuré par une menace d'attentat-suicide ou un probable coup de filet de la police gouvernementale, qu'il se résolvait enfin à affronter l'acrimonie des deux femmes. Alam le Borgne n'était pas encore rentré. Le voisin de la lézarde chantait sans voix sur son *rabab* réduit à une planche. « Ni courbé ni couvert de beurre rance, susurrait-il, je ne suis rien qu'un pauvre disciple, une bougie dans le vent, une poignée d'abeilles sur la langue du méchant. Je traverse les milliers de mondes. Chacun d'eux est un pèlerinage. Dans la rivière de la parole, je traverse en silence les milliers de siècles... » Le vieux Sikh ne s'était pas montré aux obsèques du paralytique mais sa barbe blanche s'infiltra par la fissure. L'enfant désemparé l'entendit alors tonner : « *Galaza! galaza!* Ne t'agite pas comme les testicules du bouc qui galope ! »

Après le repas du soir, depuis qu'il travaillait, Alam le Borgne allait s'écrouler sur son matelas. Son caractère indocile s'était accusé ; il ne supportait plus la moindre réprimande. Ma'Rnina le servait en bougonnant, lèvres closes. Avec les semaines, quelque chose changea dans sa physionomie. Son œil mort se creusa davantage et ses joues prirent une teinte d'écorce de bouleau. Ignorant presque la présence des femmes, il ne s'adressait plus guère à son frère. Un soir, Ma'Rnina s'intrigua de lui voir une figure sans crasse ni poussière ; comme il apportait sa part de salaire, elle resta coite et haussa les épaules.

Toutefois, Alam se mit à rentrer de plus en plus tard au point d'obliger les deux veuves à veiller pour réchauffer les plats. Il ne s'écroulait plus sur sa couche comme une bête frappée par la foudre. Un jour ouvrable, l'Évanoui de retour de l'école l'aperçut sur sa mobylette. Une autre fois, il le vit sortir d'un café avec d'autres jeunes gens, l'air réjoui, des chaussures neuves aux pieds. Alam le Borgne qui ne manquait pas de faire ses ablutions et de réciter la *chahada* chaque matin, semblait avoir d'importantes préoccupations. Avant de quitter la chambre, il comptait et recomptait quelques billets de banque et remplissait de signes un petit carnet. Mimant le sommeil par crainte d'être houspillé, son frère l'épiait entre ses longs cils. À quels trafics se prêtaitil depuis sa désertion de la mine ? Et pourquoi ne s'intéressait-il plus aux nouveaux détails de l'inépuisable beauté de Malalaï que lui seul avait le pouvoir de colporter ?

Dans la cuisine de la jeune fille, amoureux, il oubliait vite l'énigmatique colère du Borgne et de ses pareils, les grands à mobylette qui crachaient sur l'ombre des écolières ou des employées rieuses des administrations. Devant l'école publique, les mêmes jeunes gens jetaient des pierres contre les fenêtres et s'enfuyaient à toutes jambes en criant le nom de Dieu sous le nez de policiers somnolents en faction dans leur Jeep.

Au secret de l'école, côté garçons, l'Évanoui apprenait à lire et à compter dans les livres abhorrés des égreneurs de chapelet. Les images coloriées et la fantaisie des calligraphies avaient pour seul éclairage un visage de jeune fille. Ce qu'il y découvrait chaque jour, malgré la dureté des maîtres, était comme l'intérieur du regard de Malalaï. C'était dans l'enchantement de Malalaï qu'il allait et venait, multipliant les ruses pour accéder aux classes sans même imaginer pour quels motifs des hordes turbulentes voulaient lui en empêcher l'accès certains matins.

La vie autrement répondait au temps qui passe, avec ses effrois, ses égarements, ses hâtes et ses indolences. Tout se perpétuait plus ou moins dans la précarité. Le chaos relatif laissait des zones préservées, des interstices de quiétude à la discrétion d'un berger sur sa colline ou du fumeur de pipe à eau dans une venelle du bazar. Les ratissages meurtriers et les bombardements ciblés alentour, dans les montagnes ou aux abords de la frontière pakistanaise, les intrigues sanglantes entre la police du district, les barons de la drogue et les chefs rebelles, n'empêchaient pas commerçants et artisans, ouvriers des mines, foule mêlée des enfants et des chômeurs de garder leurs habitudes de l'avant-veille. Dans l'expectative, menacé de toutes parts, on se débrouillait avec Dieu et les hommes, attentif aux saisons et aux fêtes, sans prendre clairement parti pour ou contre Satan et *le feu des fournaises ardentes*. Le boutiquier trop bavard risquait fort d'être retrouvé en sang devant son étal, le turban enfoncé dans la bouche. Actifs dans les zones tribales, les bataillons des forces spéciales multipliaient de hasardeuses exactions, assurés, après avoir masqué leurs bavures, d'une réplique terroriste sans commune mesure. La chasse aux insurgés respectait toutefois les frontières par où s'immisçaient trafiquants d'armes et recrues de la rébellion, comme si les acteurs du cataclysme, mauvais djinns et démons des tempêtes venus du Pakistan, d'Iran, de Tchétchénie, d'Europe ou d'Amérique, alimentaient d'une surenchère infernale le vieux chaudron afghan.

Pendant ce temps, les femmes ne cessaient de préparer les aubergines au lait de brebis fermenté, le riz épicé ou les raviolis aux poireaux. Et les enfants du quartier oubliaient la guerre tandis qu'ils y jouaient, brandissant des bouts de bois mal ficelés en guise de kalachnikov.

Le vieux musicien de la lézarde connaissait un proverbe : « L'amour ne pleure jamais comme pleure le sang. » Quand la mère de Malalaï partit à hurler follement, les voisins hésitèrent avant d'entrouvrir leurs portes. Des assassins officiaient peut-être dans l'escalier. Ces cris étaient si atroces qu'un long frisson d'épouvante traversa tout l'immeuble. Seul l'enfant des montagnes accourut, comme happé par un souffle. La veuve avait arraché son voile et s'appliquait à labourer ses joues de tous ses ongles. « Ils l'ont tuée ! ululait-elle. Ils ont tué ma fille ! » Ma'Rnina et d'autres finirent par localiser le drame et sortirent enfin peureusement. Malalaï avait été conduite à l'hôpital, elle et trois de ses condisciples. Des individus en mobylette, masqués et casqués, les avaient acculées devant l'entrée du lycée. Arborant des pistolets à eau, ils avaient soulevé le haut des tchadris pour asperger leurs visages. C'était une sorte de jeu. Ils riaient tous aux éclats. Les pistolets étaient remplis de vitriol.

On ne revit plus Malalaï ; sa mère déménagea. Le soleil s'était éteint dans l'arbre de l'escalier aux senteurs d'épices et d'eucalyptus où sans répit se croisaient des rumeurs mêlées de transistors, de chants profanes et d'appels à la prière, dans un brouhaha discontinu de galoches, de cris d'enfants, de vaisselle qui tinte et de gargouillis de canalisations. Assis sur l'une ou l'autre des marches entre le rez-de-chaussée et le deuxième étage, dans l'attente d'un miracle sans figure, l'enfant ne s'intéressait plus guère aux naïves images cachées dans les livres. Il n'allait d'ailleurs plus à l'école. Personne autour de lui ne s'en souciait. Les beaux jours étaient revenus, brûlants, chargés de parfums et de poussière. La rue fondait presque au soleil. Dans la fraîcheur des paliers, il écoutait le grand tapage de la ville, les cahots des charrettes attelées à des mules, l'appel sonorisé des muezzins qui se répondaient d'une mosquée à l'autre comme des nautoniers dans le brouillard, les pétarades des camions et des motos et tout ce chahut d'abois, de cris et de piétinements. Un chat suffoqué venait parfois se réfugier devant la porte sourde de Malalaï, les oreilles dressées. Son œil sévère de hibou le fixait alors interminablement. Des semaines avaient coulé leur chape de torpeur sur les mémoires. Il n'y avait plus de chant distinct, pas un rire. Le temps s'était arrêté pour l'Évanoui. Il lui arrivait même de pleurer son père faute de comprendre son malheur.

De retour au logis la tête rasée à la suite d'une de ses fugues mystérieuses, Alam le Borgne ne daignait même plus manger en famille. Un *koufia* de coton blanc sur les épaules, l'esprit accaparé, il avalait sa soupe sur un coin d'évier. Une fièvre le prit un soir et il partit à sangloter sans raison. Après deux ou trois nuits passées à gémir dans son sommeil, un matin, il rassembla ses affaires dans un grand sac de toile sous l'œil de Ma'Rnina qui épiait le moindre de ses gestes en mordillant un bout de son voile. « Je rejoins le Djihad, dit-il. Nous allons terrasser l'ennemi étranger et les traîtres ! » Son sac sur l'épaule, il déposa une liasse d'afghanis sur la table. La main déjà sur la poignée de porte, il jeta sur son jeune frère et sa mère hagarde un long regard découragé puis se mit soudain à crier : « Qu'est-ce que vous croyez ? Que je vais vivre comme vous dans la mendicité ? Vous osez me juger ? Dieu me guide vers la victoire ! »

Peu après son départ, pour la première fois, on entendit distinctement le Disciple chanter derrière sa lézarde :

Vrai, Il l'était au commencement.
Vrai, Il l'était à travers les Âges.
Vrai, Il le sera toujours et à jamais !

10

À la pointe nord du cimetière de Pantin, coincé entre la zone industrielle des Vignes et l'éventail des voies ferrées qui s'éploie à perte de vue jusqu'à la gare de triage de Noisy-le-Sec, un secteur sans anatomie définie ni existence probante, plus hypothétique qu'une errance dans les périphéries mal famées du cauchemar, recèle au comble de l'égarement un de ces dédales au cordeau dont on ne s'échappe que par distraction, du côté de l'avenue de la Déviation ou du Chemin Latéral. Rien en vue, hormis des enceintes de béton et des palissades de ferraille entrecoupées de terrains vagues, des tunnels et des ponts, quantité de squelettes d'usines d'un autre temps ou d'entreprises de verre et de ciment closes sur leurs secrets de fabrication, des routes désertes enfin, avec de subites perspectives sur la plaine suburbaine, de Saint-Denis à Villemomble ou au Perreux. Entre le fort de Romainville et les citadelles pressées des tours et des barres d'immeubles dominant le haut faubourg de ceinture, un soleil gris perce fumées et brumes à travers les amas de ronciers et de buissons cotonneux. Entre deux aigres sifflets de trains, dans le battement cardiaque des boggies, le silence trouble de ces friches se laisse décomposer – grondements d'avions en phase d'envol ou d'atterrissage, vibrations de lignes à haute tension, froissement fluvial des véhicules encombrant les bretelles d'autoroute, bourdonnements d'insecte des vélomoteurs et autres deux-roues sur quelque avenue Barbusse ou Vaillant-Couturier. Rien n'arrête vraiment l'œil ici, dans cette imprécise constriction du vide qu'un envol effrayé d'étourneaux vient traduire en panique un instant, face au contre-jour bancal des entrepôts et des palissades. Routes des clôtures : bandes d'asphalte sans but ni limites entre deux bordures de terre battue que longent des chantiers rendus à la végétation, des entreprises de camionnage, des parkings incendiés, des façades d'usine, désaffectées pour la plupart. Une rue dite des Déportés, pavée à l'ancienne, se défait en terrain vague et semble se ressaisir entre quelques bâtisses, garages, entrepôts, antiques fabriques, avec, à l'angle du seul pavillon d'habitation, sorte de longère décrépite au ras d'une haie vive couronnée de barbelés, une allée en impasse qui bascule sur un brusque affaissement dans le ciel des banlieues. Une passerelle de ferraille à l'accès interdit se perd au creux d'un taillis d'épines, par-dessus un escalier ruiné menant à d'anciens maraîchers sur lesquels empiètent, par rangées d'excavations vite coiffées d'étroits monuments de stuc, les nouveaux quartiers d'un cimetière qui se déroule tout en longueur à l'abri d'un fourré de cyprès à l'abandon. Au-delà, de part et d'autre de bâtiments industriels voués à la démolition à en croire les panneaux cloués aux portes depuis des lustres, l'horizon recule en d'interminables assemblages de métal et de béton, flèches, losanges, tours, barres. Une glaciale impression de déshérence s'étend sur cette zone où le piéton ne s'aventure qu'une fois fourvoyé, croyant couper les distances entre le canal de l'Ourcq, les gares à jamais hantées de Drancy et de Bobigny, et l'immense champ de morts de Pantin où les allées ont des noms d'arbre. Nulle part, serait-ce dans les pires îlots de La Courneuve ou de Clichy, la solitude n'arbore un tel aspect de coupe-gorge sans issue.

L'impasse de l'Usine à briques ne manque cependant pas de visites – passants furtifs, grosses cylindrées, noctambules efflanqués, cyclomoteurs des cités voisines. Avec ses halls ouverts à tous vents, ses nombreux entrepôts aux terrasses hérissées de palans et, dans une cour carrée, ses bâtiments annexes de verre et de ferraille à l'ombre de hauts conduits charbonneux, l'ancienne briqueterie n'encourage guère la convoitise ou l'intrépidité. C'est ce qui plaît aux occupants comme aux visiteurs. L'emplacement des fours disposés en demi-cercle ménage un espace à plusieurs entrées sous les puits de lumière des cheminées tronquées ou abattues. C'est là le quartier général du Kosovar.

Pour l'heure, une demi-douzaine d'habitués se réchauffent autour d'un brasero coincé dans le caisson d'un four. Parmi eux, gorille imberbe aux yeux de tortue de mer, le jeune Samir fulmine malgré son ivresse de fumeur de pelouse. Ses énormes poings enfoncés dans l'espèce de manchon constitué par les deux poches crevées d'un blouson de cuir, il en appelle au bon sens. Du haut de son mètre soixante, Mehmed lui répond que son bon sens pue le cafard. « Le Kosovar, il est pas con, sans la meuf, y a longtemps qu'il aurait lâché Blacks et Reubeus ! » Samir montre toutes ses dents manquantes et tressaute de rire. « Tu me fais pisser ! Le Kosso, c'est un frère. Il s'en tape bien de la junkie… » À peine plus vieux que Samir, Yann pour une fois ne s'enflamme pas. Il crache par terre sans conviction. Plus grand encore que le gorille, mais d'une maigreur d'échassier, il entrecroise à deux ou trois niveaux ses jambes d'ex-handballeur antillais. « T'inquiète, bouffon ! Pas besoin d'un gun. Elle va vite caner, la Poppy, trop foncedé ! Elle vaut même plus une tête. »

D'autres visages luisent dans la pénombre clairsemée de braises. Quelques jeunes de la Cité haute ou du Plateau, des dealers assermentés venus prendre livraison et, seul vétéran de la mouise, le vieux Roge qui lisse sa barbe jaunie de chiqueur en s'interrogeant sur son proche avenir. Lui n'a plus d'autre recours qu'un matelas de mousse dans un coin tranquille de l'usine. On le retrouvera congelé un matin, comme ce gosse qui claque des dents à proximité d'un brasero entre deux virées au centre commercial de Bobigny. Fidèle à son poste, Roge ouvre l'œil et se rince le gosier sur l'ardoise du Kosovar. Son mécène n'est plus réapparu depuis le dernier bouclage du quartier par ceux des stups et de la répression du banditisme. Les flics le recherchent pour des broutilles, vol de voitures, port d'arme prohibé, coups et blessures, dans l'idée de le neutraliser au moins une paire d'années. Pour l'heure, il prend du recul chez les gitans d'Aulnay ou dans une cache de la Cité haute. La dernière fois, il a voulu mettre un peu d'ordre au squat, chasser les clodos ainsi que deux trafiquants à l'ancienne, des frères jumeaux débarqués d'Istanbul qui prétendaient travailler à leur compte. Quelqu'un s'est vengé en le donnant, rien de plus ordinaire. Tout le monde ici redoute le Kosovar, même ses acolytes. On croit savoir que, dans une autre vie, il aurait tué sans état d'âme. C'est inscrit dans son regard. Pourtant, il accepte des parasites comme lui, vieux poivrot à la casse, ou ce gosse sorti de nulle part. Sans parler de cette pauvre toxico plus épinglée qu'une collection de scarabées. Poppy doit s'être repliée chez la nourrice, au pavillon, ou bien là-haut, dans l'espèce de douar des fugitifs. Voilà des mois qu'elle n'a pas quitté l'impasse. Tout va mal à cause d'elle. Roge le répète en sourdine : cette fille est un vrai guignon. Elle fiche la cerise. Il le sait depuis que le Kosovar oblige tout le monde à prendre soin d'elle, du moins à la surveiller. Mais le premier qui l'approche d'un peu trop près est secoué, viré, balayé. À part le gosse. On dirait même qu'il l'accepte dans cette jungle uniquement pour servir de messager entre elle et lui, en cas de grêle. La jalousie du caïd ressemble au grand jeu. Comment saurait-il cultiver un sentiment ? Rien à voir avec l'amour. C'est bien le Kosovar qui fournit en mort lente la donzelle. Les Turcs n'ont qu'à bien se tenir et les durs de la Cité haute qui viennent prendre livraison, ceux des Marches Sèches et du Plateau. Le Roge s'en contrefout de ce bizness de marca noir, tout ce maquillage de traficoteurs. Il tient seulement à sa peau. Quinze ans d'armée, autant de prison, et la rue pour finir, ne lui laissent que l'instinct du margouillat. L'œil dans le goulot, il ne perd rien des grasses trahisons et autres macaronages de ces camés en tout genre, tasteurs de merde ou de neige. Lui, le Roge, s'en tient au tord-boyau. La tête se conserve comme elle s'éclate, dans l'alcool ou la dynamite. La corrida n'est pas pour le vieux cheval. Il rit entre deux lampées. Ce qui le tracasse, c'est pourquoi le Kosovar laisse un gosse dans leurs pattes. Assis sur ses talons, le petit noiraud l'observe avec un sérieux de macaque. Les gamins des rues vivant de rien et mourant d'un peu moins, il en avait croisés souvent, en Afrique ou en Asie, mendiants, voleurs à la tire, viande fraîche, cireurs de pompes. Là-bas, on peut le comprendre, les pauvres rejettent au loin leurs graines, comme des arbustes en terre aride. C'est nouveau de ce côté du monde. Pour sûr que la zone des Vignes et ses parages n'ont rien de commun avec la civilisation. Un désert de décombres en marge des blockhaus industriels et de ces camps de réfugiés irrévocables que sont devenues les cités. Un endroit pour faire le mort.

Mais ça s'engueule du côté des braseros. Samir a brandi un 7.35 et jure qu'il sèchera les balances. Le Roge, fatigué par ces invectives, avale une longue rasade ; il remarque la placidité de l'enfant accroupi à la manière des fellahs. « T'as faim ? Tu veux manger un bout ? C'est quoi ton nom, déjà ? » Alam n'a pas bougé ; il considère le vieil homme sur son tas de briques, sale, puant dans ses hardes, un passe-montagne relevé sur des oreilles d'ours. Mehmed s'agite à dix pas, une main nerveuse devant le canon du pistolet. « Quand ceux d'en bas y vont monter, tu pourras toujours jouer les tueurs ! » Yann balance la massue de muscles de son bras au-dessus des crânes. Son index s'arrête tour à tour sur l'un ou l'autre. « Les bédouins d'en bas ont leurs mouches. Ils savent tout de nos combines. Y en a ici qui leur racontent. » Le Roge maugrée, déjà ivre. Il les connaît ces petites frappes ; tous des barjos, des bourricots. Pas un pour tenir sa langue. Le premier pisseur de copie venu peut secouer leur oreiller. Il trouvera toujours un débile pour aller chercher son artillerie dans le faux plafond des communs, histoire de poser pour la photo avec son PM, l'abat-jour sur le minois. À part le Kosovar, c'est que des casseroles, juste bons à faire de beaux cadavres. Les tire-au-flanc délèguent même le gamin au centre commercial pour livrer des savonnettes de shit. La belle gueule n'aimerait pas l'apprendre. En un sens, il protège la jeunesse.

Un klaxon répété disperse la compagnie. Impasse de l'Usine à briques, toute visite peut cacher un piège. Dans l'escalier de ciment, Alam effleure d'un doigt la cicatrice sous l'oreille amputée de son lobe. Il aurait suffi d'un demi-centimètre pour que la balle troue la tempe. Personne ne fait attention à la longueur de ses cheveux. Hormis Mehmed qui l'a traité de fille. D'autres, comme le vieux Roge, le prennent pour un gitan. Quand il s'est présenté à l'usine, voilà quelques dimanches, les benjamins du gang l'ont arrosé de boulons. Les grands avaient ri, les mains dans les poches. « Pas de gitans chez nous ! » marmonnaient-ils, sans trop se fatiguer. Et puis la fille a surgi, chancelante, ses cheveux presque blancs dans les yeux. Elle avait tout d'un fantôme, avec sa maigreur, sa peau transparente, son regard de folle. « Laissez-le, avait-elle crié, des hoquets dans la voix. C'est mon frère qui l'envoie. » En entrant, Alam avait prononcé le nom de Yuko. Tout le monde savait que le frère de Poppy s'était noyé dans la Marne en tentant d'échapper aux vigiles du centre de détention pour mineurs. Et puis à la briqueterie, personne ne contrarierait la protégée du Kosovar ; ce dernier n'entretenait pourtant aucune relation avouée avec la junkie, il la tenait même à distance, lassé par ses requêtes. Sa déchéance, qu'il aurait pu en grande partie s'imputer, l'affligeait visiblement. Poppy acceptait en retour la pitié de ce caïd de banlieue qui n'avait d'autre ambition pour elle qu'un mauvais squat au-dessus d'un cimetière. Avant d'échouer zone des Vignes, avant cette petite guerre des gangs qui pourrissait l'ambiance, ces deux-là avaient sans doute connu ensemble des jours presque heureux.

« D'où tu viens ? » dit la jeune femme en se glissant hors d'une des espèces de yourtes faites avec des bannes de bistrot récupérées dans un quartier en démolition. « Ça fait plus d'une heure que j'attends. » Alam extirpe de son anorak une grosse orange et un sachet de poudre. Le bloc électrogène installé sur un dégagement ronfle continûment. Des ampoules tremblotent au-dessus des abris. « Viens vite sous la tente » s'exclame la fille soudain enjouée. Assise en tailleur, elle a dégagé le bras de son pull à col roulé et d'un corsage à motifs roses, laissant apparaître l'aréole irritée d'un sein sous les muscles délicats de l'épaule. Quelques instants lui suffisent pour préparer sa dose, chauffer la cuillère, pomper le liquide. Ses doigts maigres semblent défaire un cocon d'araignée. Alors que l'aiguille pénètre la saignée du bras au-dessous du garrot, Poppy croise un regard d'antilope. Elle rit très fort un instant. « Tu as quel âge, au fait ? Onze, douze ans ? » Dans ses veines, l'héroïne s'éploie, reine d'or qu'aucun royaume n'abrite. La délivrance ravale toute attente. Une joie vide, sans nom, taraude la mémoire. L'extase se substitue à l'ordure de vivre. Poppy soupire et s'affaisse, achevant de découvrir sa poitrine. Sous l'effondrement radieux des palais du bonheur, une part minuscule de son attention s'attache à l'œil noir du garçon. « Tu n'as jamais essayé, toi ? Je veux dire, en piqûre… » Alam considère gravement la junkie qui se penche, décharnée, d'un balcon du paradis. Le cannabis et l'alcool, les vapeurs d'héro sur un alu, l'éther et même la colle brûlée, il y avait plus d'une fois goûté, à Kaboul comme à Istanbul ou dans les égouts de la gare de Rome. Tous les gosses des rues s'y mettaient plus ou moins, les réfugiés par milliers, ceux qui avaient fui leur village, ceux qui refusaient de prendre le maquis. Leur seule ambition était de ramasser assez d'argent et partir, négocier un passeur à peu près honnête, gagner l'autre monde, celui des images ruisselantes de félicité. Ceux qui s'accrochaient crevaient sur place. Lui n'était pas resté. Même ici, impasse de l'Usine à briques, il ne resterait pas.

« Tu pars avec moi en Angleterre ? » La phrase lui est venue entière, neuve dans son esprit. Est-ce d'avoir vu les seins blancs de Poppy, la chute de ses cheveux au creux de son bras grêle, ou la grimace triste à ses lèvres quand l'aiguille s'est fichée dans la veine ? Elle s'est un peu redressée. Des paillettes d'or jaillissent d'entre ses cils. Elle sourit au lieu de répondre. Son visage semble tombé d'une statue d'église. Ses lèvres pâlies cueillent un pétale de lumière. « Épluche-moi l'orange », dit-elle en inclinant la paume jusqu'à ce que le fruit roule sur les genoux d'Alam.

II

On n'avait pas voulu de lui aux mines, ni dans les fonderies, encore moins dans les ateliers de tréfilerie ou d'étamage. Il était bien trop jeune. Depuis des mois, l'Évanoui dormait aux portes de la ville, dans l'habitacle d'un tank soviétique démantelé, calciné, réduit à l'ossature. Même pour gagner moins d'un dollar par jour, le travail l'accaparait du matin à la nuit tombante. Il s'était mêlé un temps aux castes des brosseurs de souliers et des laveurs de pare-brise, malgré les disputes et l'emprise féroce des entremetteurs, ceux qui prêtaient les caisses à cirage. Très vite, des jeunes gens en pantalon de treillis et baskets de luxe lui proposèrent de livrer des paquets de résine d'opium sous le nez des forces de police. Ces intermédiaires qui l'embauchaient au coup par coup se délestaient sur lui de l'essentiel de la mission dont quelque caïd les avait chargés. Ils ne lâchaient d'ailleurs aux petits coursiers qu'une part infime de leur rétribution. Les gosses étaient nombreux à tout risquer pour quelques afghanis. Comme partout où l'économie de guerre encourage les pires trafics, la pusillanimité des adultes s'appuyait largement sur cette main-d'œuvre privée de recours. Les cohues juvéniles courant en tous sens ou hélant le chaland donnaient aux rues un air de fausse gaieté ; cette explosion de jeunesse affairée à survivre sous l'œil d'ancêtres aux allures de momies n'avait d'autres circonstances que l'intangible vitalité d'un peuple.

Aux limites de la ville, le soir, quand les chacals jappaient dans les collines, l'Évanoui n'ignorait pas que ses pareils s'embusquaient un peu partout dans la discrétion du crépuscule. Les anfractuosités et les ruines, les carcasses de véhicules, les granges parfois recevaient la foule des orphelins – et la nuit achevait d'étayer ces refuges. Son voisin le plus proche, âgé d'une douzaine d'années, avait chapeauté de tôles et de planches un trou de bombe. Il tentait le diable presque chaque jour avec ceux de son espèce, assuré par ce moyen d'obtenir plus vite l'argent du départ : il s'agissait de conduire les convois de trafiquants à travers les plateaux, par des raccourcis que les rebelles avaient truffés de mines. Quand un enfant sautait, d'autres prenaient sa place. L'Évanoui enviait la paix des étoiles sur l'horizon et la solitude du loup pleurant après la lune. Dès qu'il se retrouvait blotti dans la ferraille du tank, une voix perdue habitait ses rêves. Voilà longtemps que Ma'Rnina l'avait chassé. L'argent manquait. Même la mort n'aurait pu le nourrir. Mais il était prisonnier de l'escalier. Les dominos des marches basculaient devant lui. Malalaï appelait au secours. Il ne pouvait avancer. La cage d'escalier pourrissait comme l'intérieur d'un crâne. Des lambeaux de chair fumaient contre les os temporaux. De l'intérieur, une voix connue se perdait en échos. « Sauve-moi, sauve-moi ! » disait-elle. Tout l'immeuble savait qu'elle s'était défenestrée, que Malalaï s'était jetée par la fenêtre de l'hôpital. Elle n'était plus qu'une voix errante qui suppliait sans fin. Une voix perdue qui sans fin l'appellerait. Malalaï ! Le voile de la nuit à jamais la recouvre.

À l'aube, levé avant les coqs et les chèvres, l'Évanoui courait se laver à la fontaine des caravaniers. Tous les joyaux de la terre et du ciel concentraient leurs feux à cette heure. L'avalanche suspendue des rocailles et la plaine infinie baignée de lumière exaltaient l'ombre des routes. À l'origine du jour, dans l'angle rêvé du soleil et des constellations, une théâtrale échappée d'or et d'azur emportait l'esprit un instant sur l'aile du faucon ou de l'alouette. Puis les grands miroirs de l'aube oscillaient d'un coup, muant les ruissellements d'étoiles en un unique foyer de forge et l'air peuplé d'oiseaux en sombre terre morte. Le monde, dans cette parenthèse mystérieuse, lui avait délivré un dernier espoir de retrouvailles. La ligne mauve des collines se détachait maintenant de la nuit des montagnes, gigantesque repli d'astre d'où l'insurrection semblait éclore en même temps que fusaient les laves de sang du monstrueux volcan d'acier auquel les bombardiers de la coalition ne cessaient de donner figure. Prises entre deux feux, essuyant la charia des mollahs et les dommages collatéraux des missiles, les populations décimées abandonnaient villages et cultures.

Des cohortes dépenaillées fuyant l'enfer des combats se regroupaient aux abords des centres urbains. L'Évanoui avait vu se constituer ainsi plusieurs camps de réfugiés. Par familles entières, les paysans investissaient une place de marché ou un préau incendié d'école avant de tomber dans la grande prostration de la misère. Des nuées d'enfants plus démunis que les hordes aguerries de la rue arpentaient les terrains vagues et les décharges en quête de combustibles, morceaux de plastique et autres débris.

À force de harcèlements, la guérilla s'était si bien infiltrée dans ces périphéries que seuls les plus pauvres osaient s'éloigner sans escorte. À moins de vouloir prendre les armes en désespoir de cause. Investi par les rebelles, le cimetière de la zone sud était mieux défendu qu'un fortin de l'armée régulière. Chaque jour voyait un père de famille ou un enfant se diriger vers l'enclos à ses risques et périls, prêt à se faire abattre, avec l'idée de quémander de l'aide. Les moins chanceux, enrôlés de force, ne reviendraient pas vivants. Seules les inhumations passaient librement, avec la bénédiction de dévots surarmés. L'Évanoui ne s'approchait pas des sépultures. Il courait les missions à vingt ou trente afghanis. Lui et ses semblables un jour ou l'autre tomberaient, chacun à son tour, le bras épinglé ou une balle dans la tête. En attendant, il serrait quelques billets supplémentaires contre sa peau, à l'endroit du cœur, et mangeait du pain aux olives.

Un soir comme un autre, alors qu'il s'apprêtait à se tapir pour la nuit aux commandes du char, les montagnes environnantes se mirent à gronder. Il crut tout d'abord que la terre tremblait. Les séismes au Kandahar accompagnent un bellicisme originel. Presque aussitôt, les abords de la ville furent secoués de déflagrations. Tandis que l'aviation pilonnait les bases arrière des insurgés, ceux-ci attaquaient en masse les forces gouvernementales, jetant la panique dans les organisations mafieuses et les cadres de l'industrie minière. Mais la bataille se limitait aux postes avancés, de ce côté de la ville. Un feu nourri repoussa une partie des assaillants derrière la rocaille des contreforts. Couverts par maints tireurs embusqués, d'autres refluèrent vers le vieux cimetière, lequel devint vite la cible privilégiée des milices privées accourues en renfort. On voyait voler les pierres tombales sous l'impact des charges de mortier et des lance-missiles. Ce feu d'artifice parut ralentir la montée du soir. La tête hors de son trou de bombe, le jeune danseur de mines exultait : de tous ces explosifs semés aux quatre coins, beaucoup faisaient long feu. Et c'était un autre marché. Mais un tir le faucha à dix mètres du tank. Une gerbe écarlate arrosa les tôles. Il hurla de douleur et dégringola, déchiqueté, au fond de sa tombe. L'Évanoui cria à son tour. Il s'était extrait de l'habitacle et criait à l'adresse du ciel meurtrier. La chasse de l'US Air Force revenue de son pilonnage rasait pour la forme les collines embrasées. Encore farcis de munitions, les hélicoptères français d'appoint mitraillaient les nids de résistance au petit bonheur. L'Évanoui partit à courir au hasard devant lui, bras en l'air, comme livré au chaos. Dans ce fracas d'apocalypse, son cri n'excédait pas celui du courlis cendré ou de la gerbille par temps calme. Aveuglé, trébuchant sur des pierres ou des éclats de roquettes, il traversa la pluie de projectiles et les fumées avec l'impression de marcher sur un fleuve d'étincelles.

D'autres cris provenaient de l'enceinte du cimetière et des bastions de rocaille, plus loin : les chefs appelaient leurs hommes à la retraite. Dans la confusion, des troupes hétéroclites encombrées d'armes se replièrent en ordre dispersé. Des turbans défaits volèrent au vent dans la pénombre zébrée d'éclats pourpres. L'enfant qui venait de trébucher sur un corps décapité demeura à plat ventre, suffoquant, cherchant des yeux la tête perdue au milieu des stèles. Un rebelle le releva d'une main, colosse chargé d'une gerbe de fusils saisis sur les victimes d'un camp ou de l'autre. « Allez marche ! dit-il. On quitte ce maudit cimetière. » Derrière lui, sur les côtés, en tous lieux, les insurgés qui refluaient l'entraînèrent dans la nuit désormais opaque.

Creusé comme une mer après la tempête, le silence s'émietta peu à peu en menus bruits, cris brefs d'oiseaux, chuintements de source, plaintes des blessés charriés à dos de mule. Au fur et à mesure de leur progression, la montagne imposa l'aveugle pression de son magnétisme. Une sorte de paix élémentaire submergea les consciences. Encore assourdis par ce baptême du feu, des recrues trébuchaient derrière la foulée élastique des vétérans. Sur plusieurs lignes, jeunes et adultes mêlés, les rebelles et leurs prisonniers escaladaient les premiers contreforts. « La route sera longue » dit un cavalier à la poitrine damassée de cartouchières qui venait de mettre pied à terre. Le cliquetis des armes et le clappement rythmé des pas guidaient chacun dans l'obscurité des gorges et des combes. En queue suivaient les mules chargées des morts et des mitrailleuses lourdes. Sur les rampes, au-dessus des forêts naines et des champs de pavots que dissimulaient à peine les cultures vivrières, les silhouettes se découpaient, lugubres sous l'éclat blafard des étoiles. Parfois, un effondrement de corniche sous le faux pas d'une mule résonnait longuement dans les escarpements. Très haut, au-dessus des sentes, luisaient les neiges éternelles. Un feu discontinu de météorites révélait la découpure des crêtes. Ici et là, des torrents scintillaient comme des coulées de forge. Des profondeurs nocturnes s'élevaient, baptismales, les senteurs des fleurs de pavot.

La grisaille du petit matin dénoua bientôt ces commutations de brumes et de ténèbres. Les insurgés marchèrent une partie du jour encore à l'abri de sentines, par-delà les routes de Senjaray et d'Arghandab, en prenant soin d'éviter, au détour des vals, les groupes tribaux à la solde du gouvernement. C'est à découvert qu'ils pénétrèrent dans le district du Goubahar presque entièrement soumis à la juridiction du commandant Muhib.

L'Évanoui qui titubait d'épuisement reconnut des perspectives couleur de sable. La fatigue autant que les intermittences de la mémoire l'éblouissaient d'images arrachées à l'intime filiation du souvenir, par bribes ou flashes, fugaces effigies de foudre. Plusieurs fois, il dut se frotter les yeux pour ne pas tomber à la renverse. Happé quelques secondes par le sommeil, il crut aborder en songe les parages de son village natal. Grande fut sa stupeur quand la troupe ralentie traversa ce dernier de part en part. Nul ne sortit des murs, pas une vieille femme, pas même un chat. Son village n'était plus que décombres vérolés d'impacts. Seule la mosquée tenait encore debout. À distance, sur une butte piquée de coquelicots, une dizaine de tombes se signalaient par de maigres armatures de rameaux sur lesquels voletaient des lambeaux de guenilles aux vives couleurs. Après une nouvelle halte pour la prière, la troupe poursuivit sa retraite avec une certaine décontraction. L'ennemi avait perdu tout ancrage sur ces territoires. Il n'avait plus de fusils ni de couteaux à tourner contre elle, plus d'anathèmes ou d'implorations. À moins du surgissement improbable d'une escouade d'hélicoptères de combat, les éminences rocheuses n'étaient plus à craindre. D'ailleurs les sentinelles juchées sur des tertres relayaient déjà l'annonce du retour. Entre deux pitons de granit, dans un val en terrasse, au-dessus de la steppe annonçant les marches stériles du Pakistan, une compagnie d'hommes en armes parut émerger des brumes. Plus bas, sous les vergers et les herbages où erraient des moutons à tête noire, dans les champs de pavots en fleur, quelques paysans en tuniques et turbans brodés évoluaient tranquillement dans un grand remous de pigeons ramiers. Au moment de se rejoindre, d'une seule gorge, le cri rituel de victoire enflamma les deux colonnes, l'une chargée d'armes poussiéreuses et de sacs informes, l'autre plus exaltée encore à travers ses physionomies et ses costumes mêlés qui trahissaient, au milieu des Pachtounes, la présence de Pakistanais venus des camps de réfugiés des régions tribales, et d'anciens moudjahidines, Ouzbeks, Turkmènes ou Beloutches, révoqués par les seigneurs de la guerre et autres félons de la défunte Alliance du nord.

Au cœur de ce tumulte et des armes brandies, dans la lumière contrastée, un jeune homme délié, le fusil d'assaut sur l'épaule, un bandeau bleu en travers du front, se retourna, rieur, avec une lenteur dansée, avant de s'exclamer de surprise. Il se précipita les bras ouverts, une expression de gaieté folle sur son visage blessé qu'une barbe réglementaire rendait encore plus juvénile. « Toi ici, l'Évanoui ! » ne cessait-il de s'écrier en fêtant son jeune frère à coups de poing dans les côtes. « Tu as donc fini par me retrouver ! » Bruni par le soleil, les épaules étoffées bien qu'une maigreur de loup durcisse sa physionomie, Alam le Borgne avait perdu son allure un peu délurée de garçon des villes. Sa voix même, autrefois musicale avec des intonations féminines, manifestait de l'emprise et une nuance d'ironie, comme si rien ne le surprenait vraiment sous ses accents de perplexité. « Et la famille ? » fit-il mine de s'inquiéter avant de lancer, comme en aparté : « Bah ! pour ce qu'il en reste ! » Sur ces terrassements qui dominaient les beaux tapis des cultures en amont de la plaine, parmi les mules et les chevaux, les sacs de toile remplis de légumes et les caisses d'armes, les rebelles s'interpellaient comme par un jour de marché. En quelques minutes, Alam le Borgne avait présenté la nouvelle recrue à une vingtaine de barbus taciturnes qui hochaient la tête en lui souhaitant indifféremment la victoire ou le martyre. Chacun allait et venait entre des cavernes meublées grâce au pillage des villages sinistrés, des tentes de caravaniers et des cabanes de chantier enfouies sous des filets de camouflage dans la pénombre d'une pinède. Éparses sur les éminences, les sentinelles aux allures de bergers se souciaient davantage de l'émoi suscité par les arrivants que des confins hostiles. L'état d'alerte était si naturel qu'on l'eût pu croire ignoré. Ainsi le bourdonnement de moustique d'un avion de reconnaissance tournoyant sur les massifs ne parvint même pas à agacer la paupière des gardes du corps du commandant sorti des fourrés où il venait d'examiner les pièces d'artillerie récupérées sur l'ennemi. Au passage, Ustad Muhib fit mine de flatter la vaillance de son jeune lieutenant. « Et c'est ton frère, ce gaillard ? Que Dieu le bénisse : il fera un bon soldat. » En guise d'acquiescement, Alam le Borgne donna une bourrade à l'enfant. « Je lui apprendrai moi-même le maniement des armes ! » Le commandant s'esclaffa en clignant de l'œil du côté de ses gardes. « Il apprendra avec les autres gosses. Nous avons nos instructeurs ! Mais je compte sur toi pour lui donner l'exemple… » Alam le Borgne salua son chef avec un fond de déférence inquiète. Puis il eut un petit geste drôle à l'adresse de son frère qui tombait de sommeil. L'air de dire : « Cause toujours ! » Sans attendre, il l'entraîna main dans la main vers les cultures. Un muezzin perché sur un dôme de basalte entonna l'appel à la prière. D'un coup s'interrompit cette fièvre de fourmilière : le silence se fit en direction de La Mecque. Les paysans, au pied des contreforts, imitèrent les rebelles. Porté comme dans un rêve jusqu'au décor de son ancienne vie, l'Évanoui n'avait reconnu que son aîné. Aucun des cultivateurs de pavots n'appartenait à son village. « Où sont-ils tous ? » demanda-t-il, lorsque les guerriers se furent redressés. Alam le Borgne partit à ricaner : « Tu n'as pas vu les tombes ? Bavures de la coalition et du gouvernement ! Les survivants ont filé à Kandahar ou traversé la frontière. Ceux qui malgré tout sont restés ont été pendus ou décapités pour trahison, même les femmes, même les enfants. Les paysans que tu vois sur nos champs de pavots sont des Pachtounes montés du Pakistan, des ouvriers agricoles, de pauvres métayers. Ils se sont installés là avec la bénédiction du commandant. Il n'y a rien à comprendre ! »

12

Le plus jeune de sa classe d'âge, l'Évanoui n'apercevait plus guère son frère tant l'accaparaient ses formateurs, un vétéran de trente ans, lequel n'avait pas hésité à abattre pour l'exemple un tout jeune Tadjik qui s'était innocemment revendiqué du commandant Massoud pour lui aussi légendaire qu'Alexandre le Grand ou Aladin, et un mollah belliqueux formé dans les camps de réfugiés pakistanais : il s'agissait d'apprendre à démonter et remonter un fusil d'assaut en quelques instants sans rien perdre de la propagande fantasque du maître d'école. Entre le lever et le coucher du soleil, outre les cinq prières rituelles, il ne se passait pas de jour sans marches forcées, combats simulés à l'arme blanche, jets de grenades de plâtre, simulation d'attaques suicides. La différence avec la vraie guerre, lui expliqua son chef de section, c'est le respect des horaires. Quand il s'agit de tuer ou d'être tué, il n'y a plus ni jour ni nuit, ni même d'emploi du temps. À la madrasa de campagne, le mollah faisait déclamer des heures durant les points de doctrine de la nouvelle charia à ses têtes rasées. « Vous serez les derniers anges d'un gouvernement de guérison ! » déclara-t-il au terme d'une oraison martiale. On connaissait l'homme pour son exaltation peu orthodoxe : les officiers n'hésitaient pas à le recadrer devant son public. « C'est les meilleurs hadîth, les plus authentiques » déclara-t-il doctement un matin aux visiteurs venus s'asseoir parmi les gosses. L'Évanoui ne fut pas surpris d'apprendre la mise en quarantaine du mollah. Il était clair qu'il avait perdu l'esprit. Avant de le renvoyer à la vie civile, on le confina quelques jours dans un cabanon en compagnie d'un kâfir d'origine, journaliste bengali dont on s'interrogeait encore sur la valeur d'échange. Ce mécréant kidnappé trois mois plus tôt lors d'un raid ne semblait pas non plus avoir toute sa raison.

L'Évanoui n'avait pas le cœur de juger ses maîtres. Comme les autres enfants embrigadés, il était sommé d'obéir au doigt et à l'œil à ses instructeurs. D'ailleurs, l'observance des ordres augurait une forme de consolation pour les plus jeunes. La première fois qu'il eut à se servir d'une arme, c'était à proximité d'un bourg occupé par les contingents de l'armée nationale. Il s'agissait de neutraliser un check-point afin de retourner contre la garnison un de leurs véhicules blindés, préalablement rempli d'explosifs, tout cela en un temps record pour ne pas laisser l'ennemi se ressaisir. L'assaut du poste de contrôle ressemblait à un exercice d'école. Encadrés par des rebelles aguerris, trois enfants dont l'Évanoui mitraillèrent l'adversaire sans aucune perspective alors que d'autres insurgés prenaient l'objectif à revers depuis un remblai mal étayé. Des pierres roulaient contre les carlingues. Presque en même temps, deux soldats s'effondrèrent. Les autres tentèrent d'échapper aux tirs croisés. L'une des jeunes recrues tomba à son tour au beau milieu de la route. L'Évanoui n'eut pas un geste, mais il se mordit les lèvres. La consigne au combat n'était pas de secourir les siens, mais de redoubler d'ardeur homicide au contraire. Son fusil calé sous le bras, il marcha droit sur l'obstacle. Des insultes et des cris fusèrent derrière les chevaux de frise. Puis ce fut le silence. Les rebelles qui venaient d'investir le poste de contrôle commencèrent par abattre les blessés d'une balle dans la tête. L'un des soldats encore valide suppliait des deux mains. Le coup de grâce coucha son visage sur le côté. Au même moment, d'autres insurgés remplissaient une Jeep de bidons d'essence et d'explosifs. Mais un tir de roquette émis d'un half-track de l'armée venu à la rescousse ruina la mission du commando. La Jeep s'embrasa et les assaillants s'égaillèrent dans la rocaille, à commencer par les deux préposés au martyre. L'Évanoui, prévenu par des cris, ne cessa pas de tirer à travers les flammes. On ne lui avait pas appris à fuir le feu. Quand la Jeep explosa, projeté au sol par le souffle, il vit voler des pièces de ferraille au-dessus de sa tête. De retour au campement, il glissa dans une profonde torpeur, quitte de l'aventure avec quelques brûlures, une plaie ouverte sur le cuir chevelu et les félicitations de la hiérarchie. Le garçon de son âge blessé au ventre sur la route appela sa mère toute la nuit tandis qu'un tailleur de pierre de Kandahar lui posait des compresses sur le visage. À l'aube, la prière du matin vint couvrir son râle.

De jour ou de nuit, en rase campagne ou aux abords des agglomérations, il y eut bien d'autres engagements, tous plus ou moins hasardeux. Chaque expédition s'achevait dans le sang et la terreur. Surpris de conserver sa tête sur les épaules, l'Évanoui s'interrogeait sur le faux miracle des combats. Celui qui s'en targuait était forcément sauf, une fois encore. Pourquoi le camarade parti d'un pied égal et si vaillamment n'avait-il plus de jambes et mordait-il son suaire en pleurant un sang d'entrailles ? Pourquoi lui-même avait-il le pouvoir de sacrifier ou d'épargner des êtres constitués de plusieurs dizaines d'années d'existence sur cette terre et riches d'une foule de souvenirs, de secrets, d'aspirations ? On l'encourageait à jeter des bombes sur des visages et à se récrier de joie pour des motifs de sainteté ou d'honneur. Avec un commando de jeunes Pachtounes rapatriés du Pakistan, une nuit de pleine lune, il avait incendié l'école neuve d'un village retombé dans le giron gouvernemental sous les yeux effarés des enfants. « De quel droit vous détruisez mon école ? » s'était exclamé l'instituteur jailli en pyjama de son logis. Il n'avait guère eu le temps de s'indigner. « Abattez l'infidèle ! » avait ordonné le chef de l'expédition.

L'Évanoui suivait les longues marches nocturnes dans les fondrières ou sur les arêtes périlleuses, bardé de grenades et de cartouchières, un canon de mortier parfois sur l'épaule. On le nourrissait d'une épaisse tambouille à base de mouton, de fèves et de laitages. Les confusions d'une violence quotidienne, avec ses brusques embrasements et les ordres hystériques en écho, prolongeaient mystérieusement les moments de prière où les plus belliqueux invoquaient soudain la miséricorde du ciel. La vie n'était qu'un rideau de fumée, une illusion brutale à franchir d'un geste simple. On égorgeait et massacrait sans haine, comme les moutons de l'Aïd el-Kebir, par sacrifice de soumission à la loi. Dieu se chargeait de remplacer les fils des hommes morts à la guerre par des béliers et des chèvres couchés sur le flanc gauche aux portes du paradis, dans la gloire de l'au-delà. C'est du moins ce qu'imaginait l'Évanoui lorsqu'un adversaire, si peu différent de ses compagnons d'armes, était jeté au sol et mis à mal. S'il manquait de cette férocité habituelle aux enfants rudoyés, une fureur inflexible l'emportait quand son chef de section lui lâchait la bride. Ce dernier manifestait davantage de dureté à son égard, par ses cris et ses mauvais traitements, qu'un ennemi uniquement préoccupé de le trancher du monde. Toute cette folle exaspération et cette âpreté aux sévices n'avaient-elles pour fin que l'abandon des corps, le silence, la prière face à la brisante vacuité des montagnes ? L'homme en guerre n'était qu'une machine à faire plier. L'Évanoui obéissait, le regard fixe, privé de peur et de ressentiment. Quelque chose en lui était détruit, éteint, froid comme ces charognes de sangliers abattus par simple jeu et livrées aux vautours.

Certains soirs, après le rituel du fourbissage des armes, il s'allongeait sous la tête d'un âne, confiant dans les sabots, et croyait s'alanguir les yeux ouverts sur la grande neige dérobée d'un ciel d'étoiles. Les rebelles accroupis çà et là autour de braises de tourbe contenues par des bris de tuiles, buvaient sans discontinuer un thé bouillant et sucré. D'autres, chargés de briquer les pièces d'artillerie, fumaient des mégots informes ou de fines pipes de terre. Sous les longues oreilles délimitant un quart du zodiaque, tout prenait alors un air d'indulgence. « Qui es-tu ? Quel est ton nom ? » demandait une voix lointaine. Le sommeil était peuplé d'images sans ombre. Un vieux clerc souffrant de douleurs hépatiques récitait les quatre-vingt-dix-neuf noms de Dieu en guise de plainte.

Pour une fois disponible après la relève de la garde des prisonniers, Alam le Borgne lui exposa sans vergogne ses projets d'avenir. C'était simple : il combattait l'étranger avec ses frères pachtounes et surveillait du bon œil la culture des pavots. Après tout, l'un des champs soumis au vent du désert leur appartenait et les autres avaient été confisqués à ceux du village, oncles et cousins. Les métayers et les journaliers pakistanais qui payaient quittance aux chefs insurgés du district, il se chargerait de les circonvenir le moment venu. Déjà, il s'était présenté à eux comme le garant du jeu, celui qui connaissait les caïds, tous les trafiquants du Kandahar. Alam avait fière allure, son bandeau sur l'œil, un revolver dans la ceinture. « Tu te rappelles le père ? disait-il. Un pouilleux comme des millions d'autres dans ce maudit pays. Fallait bien qu'il les cultive, ces fleurs ! Les paysans n'ont rien d'autre pour faire vivre leur famille. *Opium poppy !* Que le monde en crève ! On pourrait même écarter les trafiquants. Au lieu de leur vendre la résine, il faudrait fabriquer la morphine sur place, c'est pas sorcier avec un minimum de matériel. Je l'ai vu faire à la ville. Alors on se passerait du Khan, l'argent reviendrait aux producteurs, c'est nous qui fournirions le monde entier ! Et puis la main-d'œuvre ne manque pas. Regarde, les Pakistanais d'en bas, ils travaillent pour les plus offrants, ceux qui les protègent, mollahs, propriétaires ou seigneurs de la guerre. D'ici quelques années, tu peux me croire, si les étrangers n'envoient pas leurs sulfateuses, on sera tous riches… » Adossé à un arbre, Alam le Borgne partait à rire comme un merle qui lance sa trille. Seul le grognement d'un blessé sous la tente de l'infirmier rappelait la gravité de l'heure. Mais c'était la belle saison, la nature embaumait, et il y avait sûrement une vie après la guerre. L'Évanoui aimait entendre pérorer son grand frère. Personne n'avait tant de prestige à ses yeux, il représentait toute sa familiarité aux choses, les souvenirs, l'accent d'autrefois. Peu importaient son air bravache et ses prétentions.

Quand il daignait s'approcher de lui, une mémoire précieuse lui était rendue, celle d'avant les ordres et les menaces, les empoisonnements aux paroles, le bruit si particulier des armes qu'on recharge. Il se souviendrait longtemps de son regard en biais, pas vraiment inquiet mais soudain intense, un jour de tirage au sort où, faute de femmes, deux benjamins devaient être désignés pour aller au martyre. Il s'agissait de faire sauter le poste de police d'une petite ville proche du désert. Une opération commando eût pu aboutir, mais sans espoir d'échappée. C'était en terrain découvert. Un âne lesté d'une bombe conduit par un ou deux gosses valait mieux qu'une formation armée. Alam le Borgne n'avait pas frémi, mais une très subtile expression d'ironie passa sur ses traits au moment où l'étoile de la mort épargna d'un clignement son jeune frère. Ce dernier était plutôt disposé au sacrifice. Lorsque les balles remplacent les mots, l'instinct de vie s'étiole avec l'espérance. Le spectacle continu des corps en souffrance, des amputés, des exécutés pour l'exemple tourne vite à la farce. Il avait vu ses compagnons brûler des poupées de chiffon, des épouvantails et des cerfs-volants avec le même sérieux qu'ils mitraillaient l'ennemi.

Rien n'échappe à la violence ; le monde n'existe plus. On égorge l'agneau et l'enfant d'un même geste. Dès qu'une femme rit trop fort ou danse avec un autre, on l'attache et l'assomme de pierres aiguës. Chaque homme est trahi par son ombre. Une hallucination guide des somnambules aux mains sanglantes d'un cœur arraché à l'autre. C'est ce que racontait à l'occasion le prisonnier bengali à ses gardiens. Par un faux hasard, une nuit de faction, l'Évanoui se retrouva en compagnie de son aîné à la porte du cabanon, sous l'orbite colossale d'une caverne surplombant les champs de pavots. Toujours étonné des gens et de ce qui les motivait, Alam le Borgne ne pouvait s'empêcher de converser avec les plus volubiles ou d'exhorter les taciturnes à dire la meilleure part de leur secret. Un mélange d'enthousiasme candide, d'indolence bon enfant et d'inconcevable sauvagerie aux moments de colère le rendait plus imprévisible qu'un inconnu rencontré la veille. S'il le craignait presque autant que les chefs de section et les instructeurs fous de discipline, l'Évanoui ne pouvait s'empêcher de l'aimer.

Cette nuit-là, l'otage s'était fort amusé de voir un enfant aux yeux d'antilope et un grand adolescent borgne monter la garde à sa porte, kalachnikov sous le coude. Il demanda au plus petit s'il aimait la guerre et, désignant un rossignol en pleine sérénade quelque part à l'ombre des branches, s'il l'on devait accorder la même valeur à la vie humaine qu'à ce chant au clair de lune. Les doigts noués sur les bambous de sa prison, l'otage évoqua la grâce d'un temps sans servitude. Alam le Borgne qui l'écoutait bouche bée manifesta une perplexité railleuse. De quelle grâce parlait-il ? Y avait-il eu seulement un temps avant la guerre ? « Les habitants de cette planète devraient changer leurs méthodes, répondit calmement le Bengali. Toutes les créatures de Dieu sont faites pour l'amour, les humains et les moutons, les poissons de la mer, les chacals et les rossignols. Le bonheur appartient à celui qui s'abstient de blesser ce qui vit, même le papillon. C'est la seule prière utile. Celui qui s'abstient de tuer, même une mouche, ne connaît pas la peur. Il ne provoque aucune détresse chez les autres créatures. À peine coupables sont ceux qui commettent des atrocités sans fin, car l'ignorance est la première des violences... » Terriblement amusé, Alam brandit son pistolet-mitrailleur contre la gorge de l'otage : « Et si je t'abattais comme un chien, le monde en sera-t-il changé d'un cheveu ? » Le prisonnier hocha la tête avec bonhomie. « Sûrement, dit-il. Dans les yeux de ton jeune collègue, par exemple ! » Alam le Borgne rabattit le canon de son arme en pouffant. « Mon collègue ? dit-il. Ah ! Ce diable de petit frère ! À onze ans, il est plus terrible que le commandant Muhib en personne ! »

On avait négligé de relever la garde à la cinquième heure comme il est d'usage. Un captif si peu solvable, *a fortiori* pacifiste jusqu'au bout des ongles, se laissait presque oublier malgré d'intarissables admonestations à l'adresse des mangeurs de viande. L'œil ouvert sur le point du jour après un rêve cotonneux de concorde, l'Évanoui frissonna en effleurant du menton le canon froid de sa kalachnikov. Il ressentit aussitôt une sourde menace. Ses paupières clignaient sur la lumière dansante des frondaisons. Il aperçut au loin les capsules de pavot en partie dépouillées de leurs pétales qui dodelinaient au vent comme des têtes d'oiseaux couronnées. Sous son nez, la clôture de cannes de jonc bâillait dans la pénombre. Des passereaux se chamaillaient presque à ses pieds. Si minuscules avec leur bec en forme de grain de blé, ils mettaient toute leur énergie dans ces combats pour une brindille. L'alarme ne fut donnée qu'après la première prière. Debout, cherchant le sens des cris épars, le jeune insurgé de faction se frottait les yeux, ébloui par la flambée du levant. Après une série d'injonctions, un officier au profil d'aigle, une aile de chiffon sur le haut du crâne, abattit son poing contre son épaule. L'enfant s'affaissa à demi, le souffle coupé, et fit un effort pour se remettre au garde-à-vous. Non, il ne savait pas comment l'otage s'était échappé, il n'avait rien vu, il s'était endormi. «Ça mérite un châtiment exemplaire!» hurla l'officier de section qui fit mine d'armer un vieux revolver soviétique de type Nagant. Au même moment, prévenu par le tumulte, Ustad Muhib entra en scène d'un pas décontracté. À sa botte, un lieutenant crispé sur son PM semblait polariser toute la tension du moment. Un sourire aux lèvres, le commandant posa une main sur la tête de l'enfant. «Que se passe-t-il encore?» demanda-t-il d'une voix placide. L'homme au profil de rapace désigna d'un geste circulaire le cabanon vide, la vallée illuminée de soleil et l'enfant pétrifié. Mais rien ne se produisit. Muhib enjoignit chacun à vaquer aux occupations de l'heure. La journée s'écoula en préparatifs : de prochains raids et sabotages devaient frapper les bourgades de la région de Sangin. Nombre de ces villages étaient retombés sous contrôle gouvernemental au terme d'une campagne soutenue des forces de la coalition avec usage de drones et de bombardiers stratégiques. Des caisses d'armes russes parvenues à dos de chameau depuis le désert du Registan étaient fébrilement déclouées. On exhibait les spécimens au soleil, on tirait des salves en l'air ou contre les rochers en poussant des vivats.

La lumière du jour déclinait. Les paysans en bas des coteaux s'étaient retirés dans leurs abris de fortune. En progression vers les hauteurs, soulevant plus de poussière que les sabots d'une caravane, un groupe de rebelles péroraient et gesticulaient. On put remarquer bientôt qu'ils poussaient devant eux un individu harnaché d'une épaisse corde de chanvre. Tout à l'heure hilare, le commandant Muhib changea de visage. Lorsque les nouveaux venus abordèrent la place d'un air triomphal, il les fit taire et exigea qu'on délie le jeune homme. Aussitôt, un cercle se forma autour d'Alam le Borgne. Demeuré en retrait, son frère désemparé ne comprenait pas ce qu'on lui voulait. L'un comme l'autre avaient toujours obéi aux consignes les plus énigmatiques. Il considérait la mine effrontée de son aîné avec une soudaine terreur. Pourquoi provoquait-il ainsi les chefs insurgés de son œil unique ? Ustad Muhib s'était détaché du groupe, le dos légèrement ployé, les jambes écartées. « Fais ta prière », dit-il avec une étrange douceur dans la voix. Alam ne pâlit pas, il releva la tête dans un mouvement de défi propre à cacher sa surprise. « Allez-y ! s'écria-t-il. Tuez-moi si vous voulez ! » Le commandant se tourna lentement vers l'assemblée muette de ses combattants qu'il parut détailler l'un après l'autre, barbus dépenaillés, adolescents maigres aux allures de chevrier, montagnards plus farouches que des ours, clercs grassouillets dans leurs redingotes, enfants au regard funeste. « Viens par là, toi, l'Évanoui ! » s'exclama-t-il enfin. Le frère d'Alam avança comme on le lui ordonnait en s'efforçant de ne rien montrer de son effroi. « Tu vas nous prouver ta fidélité à Dieu et à notre cause, poursuivit Muhib. Nous sommes tous frères ici, sauf les traîtres ! Tu vas abattre celui-là sur-le-champ ! Écartez-vous du borgne ! » Un vent de panique éloigna les rebelles. Le jeune homme désentravé jeta un coup d'œil derrière lui, vers la rocaille des pentes et l'horizon qui s'enflammait, comme pour évaluer ses chances d'évasion. « Attendez ! Attendez ! dit-il avec un subit empressement. J'ai un cadeau pour mon petit frère ! » Il extirpa de sa poche un cœur de pierre, belle émeraude dans sa gangue. « C'est pour toi, mioche ! Je l'ai trouvée dans la mine de cuivre, allez prends-la, c'est tout ce qu'ils m'ont laissé ! » L'émeraude roula aux pieds du jeune garçon, lequel interrogea du regard les uns et les autres. Ustad Muhib manifesta son impatience d'un haussement d'épaules. « Maintenant, abats ce misérable ! Vide sur lui ton chargeur ! » Pistolet-mitrailleur au poing, l'Évanoui crispa les mâchoires, épouvanté de sentir monter en lui des larmes. « Tire sans faire de manières ! » lança son frère qui venait d'arracher le bandeau bleu à son front. « Allez tire ! Qu'on en finisse ! Tu ne veux pas ? Tire donc ! Je ne suis pas ton ami… ! Tu ne savais pas ? C'est moi qui ai vitriolé Malalaï ! »

La rafale coupa en deux Alam le Borgne. Une nappe de sang noir se répandit dans la poussière. Satisfait, le commandant Muhib s'accroupit pour ramasser l'une des douilles. Il la tendit à l'enfant qu'on venait de dépouiller de son arme encore fumante. « Prends ça aussi, dit-il. En souvenir de ta loyauté. »

13

La visière de son casque intégral rabattue sur le visage, le Kosovar traverse la zone industrielle des Vignes couché sur son guidon. Le quartier ne lui est plus favorable depuis que les gangs voisins se mêlent de trafic d'armes. En rangeant sa moto dans un box de l'impasse, près d'une vieille camionnette aux pneus mal gonflés, il se souvient d'avoir dormi plus d'une nuit à l'arrière de celle-ci avant d'investir l'usine. Un pistolet dissimulé sous la banquette est promptement glissé dans sa ceinture.

Le crépuscule d'avril colore de reflets mauves les angles délavés des bâtisses, les gouttières en partie décrochées et les toits de zinc. Depuis l'agression du gang du canal, il y a quelques jours, la briqueterie s'est vidée de ses oiseaux de passage. Les zonards ont bouclé leurs sacs pour un squat plus tranquille, ceux qui étaient en affaire et les autres, les affranchis du repos bourgeois, les accordéonistes, les vendeurs de tours Eiffel en laiton, tout un marigot de figurants fort utiles pour noyer le poisson. De grandes draperies de suie sur les façades de ciment témoignent de l'assaut au cocktail Molotov. On distingue aussi quelques impacts de fusil à pompe et, chose plus grave, la rouille du grand portail démantibulé au moyen de munitions anti-blindage. Le Kosovar reste sur ses gardes en se faufilant dans la courette pavée. On cherche à l'abattre, il le sait bien, et les tueurs ne se concertent pas forcément. Les mieux informés aimeraient s'approprier le matériel avant de le flinguer. Les pitt-bulls du canal l'ont désormais en ligne de mire avec la complicité objective des petits mafieux de la ville, têtes brûlées, roulottiers et dealers. Et l'appui stratégique de la brigade des stups. Par orgueil, il n'ira pas cette fois se planquer dans la Cité haute où les amis se font rares. Il tiendra le siège avec ses derniers fidèles, le temps de prendre ses dispositions. Pendant la guerre du Kosovo, dans le nord du pays, il s'était retrouvé dans des situations bien pires face aux gueules d'hydre de l'ennemi, services secrets, milices, nationaux retournés, pègre locale. Sans compter les bombardiers américains qui rasèrent la maison de famille avec le pot-au-feu et les petits frères. Guère plus vieux qu'Alam à l'époque, il n'avait connu du monde que la peur, le mépris et la violence. Même la chaleur fraîche de l'amour, là-bas, évoquait le tumulte des tueries.

Son pas résonne dans les halls désertés de la briqueterie. « C'est moi ! » lance-t-il en guise de mot de passe. Yann et Samir sautent à pieds joints d'une coursive de ferraille qui mène aux renardières de l'étage. L'Antillais vite rétabli désigne les baies éclatées du côté du canal : « Qu'est-ce qu'on attend pour détaler ! Je change la batterie de la fourgonnette ? » Samir ne peut qu'acquiescer, les bras ballants. « Ils vont revenir en force, ces enfoirés. Ils savent qu'on cache du matos… » Peu conciliant, le Kosovar saisit le gorille au col. « Pas question ! On manque de rien ici, non ? Et puis ceux de la Cité haute nous soutiendront… » Les trilles d'un merle creusent le silence. Yann gratte nerveusement une allumette. La flamme entre ses paumes découpe une hure de sanglier. Personne, en fait, n'attend plus rien de la Cité haute, ni des Marches Sèches, et encore moins du Plateau. Les alliances sont rompues depuis le coup de poker des caïds pour s'approprier les marchés intermédiaires de la came. Simple épiphénomène, le trafic d'armes lourdes et d'explosifs importés des Balkans accompagne ces nouvelles stratégies : à la guerre comme à la guerre ! Tout le monde se blinde au petit bonheur, les dealers, la pègre et les ultras – pour carotter un gramme de coke, braquer un bureau de poste ou faire sauter le monument aux morts.

À l'étage de l'usine, sur une plate-forme en terrasse, le Kosovar considère l'épars océan de lumières des banlieues, constellations parcourues du dragon de feu des voies rapides et des fusées lentes de trains sous la palpitation d'orage des jumbo-jets s'élevant de l'aéroport de Roissy. La nuit s'étend sur un monde obscur. Rien ne le retient vraiment de prendre l'avion pour Montréal ou Rio de Janeiro, sinon l'espèce de lacune plantée en lui comme une lame, juste sous le cœur. Il n'attend plus rien des autres, de leur mauvaise chaleur. Sans Poppy et le gosse, ce monde ne vaudrait guère mieux qu'un trou béant dans la viande morte. « Où sont-ils passés ? » souffle-t-il pour lui-même. Couché dans son vin, le Roge grommelle une vague réponse. Il se redresse un peu et entrouvre une paupière de marbre. « Où veux-tu qu'ils soient ? Chez la nourrice, au pavillon ! » Le vieil homme s'effare d'être associé une fois de plus au naufrage de quasi-inconnus. L'abordage des pirates du canal n'ajoute pas grand-chose à la faillite générale. Un drôle de mystère règne à la briqueterie : hier encore, on y venait négocier sa marchandise, on y croisait les belles gueules en quête d'un bâton de dynamite ou d'une kalachnikov, tout ça au milieu d'une cour des miracles. Mais aux premiers dégâts, plus un chat. L'endroit n'est même plus fréquenté par la vermine du quartier.

Le rond de lumière d'une lampe de poche danse à travers l'ombre accumulée. Mehmed fait le tour des greniers et des alcôves sous les hautes poutres d'acier avant de rejoindre ses complices. « Ça semble à peu près tranquille, dit-il. Faudrait pourtant se dénicher une autre planque. » Le Kosovar ne répond pas. Il salue la compagnie et s'éloigne. Les caisses d'armes et d'explosifs sont à disposition. Rien n'interdit de garder la place.

Quand il s'annonce à la porte du pavillon, un sentiment de déjà-vu ne manque pas de l'étreindre.

Un châle de laine troué sur les épaules, la vieille ouvre sans façon. Dans sa cuisine, elle manipule des objets de musée : la cafetière en fer émaillé, les tasses à motifs floraux, la boîte de biscuits avec paysage. « Ils ne se quittent plus, dit-elle. Ils se regardent pendant des heures sans bouger. Des fois, ils me font peur. » Le Kosovar sourit malgré lui. Il extrait de son blouson deux paquets de plastique noir scotchés et ficelés qu'il dépose sur la table de formica. « Tu vas me cacher ça, comme d'habitude. » La vieille femme acquiesce. Elle disparaît quelques secondes et revient, une lettre à la main. « Je l'ai reçue hier, c'est sûrement pour toi. » Il déchire les bords et en extirpe des papiers d'identité divers qu'il empoche sans un mot. L'œil sur un bouton de porte, il hoche la tête un instant. « Bon, nourrice ! Tu diras au gamin que je vais avoir besoin de lui… » Sur ces mots, hésitant, le Kosovar se lève et quitte enfin les lieux avec le vague sentiment d'avoir perdu une minuscule chance de salut.

Alam l'Évanoui, derrière la porte, a entendu la voix du caïd. Il devine ce qui se fomente. L'homme d'ailleurs ne lui cache rien. De tempérament plutôt féroce, il se comporte à la manière d'un père craintif. Avec des égards et même une certaine délicatesse. Comme s'il avait reconnu en lui une part intouchable.

Dans la chambre du fond, couchée sur un entassement de matelas, Poppy tremble d'un froid tout intérieur. La neige ne fond pas dans le sang. Son bras épinglé mille fois au bel abîme et son crâne plein d'éclairs et de nuit la font atrocement souffrir. Les piercings et les tatouages qui la protègent des spectres nus de la concupiscence forment autour d'elle une piètre armure de signes. Secouée de séismes, la terre noire du passé dégorge ses cadavres. Elle se souvient d'une enfance aux mains de meurtriers patients. La vie résulte d'un long, si long infanticide. Mais à qui pourrait-elle se plaindre ? Il n'existe pas d'instance pour la mémoire piétinée. Alam est revenu près d'elle heureusement. Il se déshabille et la regarde. Ses yeux d'impala la pénètrent tout au fond, là où la chair s'oublie elle-même. Alam est comme l'impala, petite antilope d'Afrique, si l'homme le touche, affolé par cette empreinte de prédateur sur sa peau, il fuira pour échapper à lui-même, comme il sera fui des autres impalas, il fuira au loin sans plus jamais pouvoir s'arrêter. Poppy ne peut l'aider, elle n'a plus de jambes pour courir. La mort repose lourdement en elle. Mais en revenante, toutes les cinq ou six heures, elle se souvient du gosse assis près d'elle et l'appelle à des distances considérables, d'une voix si faible qu'il ne peut l'entendre. Alam, mon enfant, es-tu là ? La solitude et l'amour sont un seul enlacement. Alam, j'ai presque vingt ans et toi douze à peine mais tu es plus vieux que moi d'un siècle. Viens plus près, tout contre ce feu d'aiguilles. Ta peau trop lisse est un miroir. Ton visage est celui de mon enfant. Dors sur mon sein, ferme les paupières, tu n'as plus rien à craindre. Je ne m'arracherai plus aux ronces de la nuit. Mes forces reviendront. Les blessures à mes bras se fermeront comme les violacées du soir. Je ne vomirai plus. La vie renaîtra dans mes veines. Nous partirons toi et moi, en Amérique. Aide-moi d'abord, petit frère, il faut que je rallume ce corps. La seringue est dans la boîte à couture, avec la cuillère et tout le reste. Aide-moi vite ou je meurs… Alam noue un ruban bleu à son bras ; la flamme du briquet crachote sous le sucre fondu. À l'instant du shoot, les lèvres tremblantes, Poppy croise un regard si triste qu'elle s'esclaffe. « On appelle ça nourrir le singe » dit-elle dans un soupir. La seringue se détache et roule au sol. Une manche défaite, les seins découverts, la jeune femme dodeline. Sa chemise glisse sur l'autre épaule, révélant un immense tatouage qui descend jusqu'aux hanches. L'Évanoui y voit comme une ombre couchée sur elle, au buste étroit, à la chevelure dénouée. Sa main cherche à l'attraper. Poppy se laisse faire. « C'est ma sœur jumelle, ma petite siamoise morte de peur, dit-elle en tombant à la renverse. J'ai voulu la garder près de moi, le plus près possible. » Ployé sur elle, l'Évanoui contemple les sentes folles de sa peau. Sous les aisselles, au pli de l'aine, le long des cuisses, il y a des échappées mystérieuses. Du nombril où brille un anneau d'or aux palpitations d'anémone de l'œil, d'un bleu violent, c'est une même étoffe rêvée qui s'échappe, un même regard sans bord pareil au déroulement infini d'un paysage. Lequel des deux s'est endormi ? Plus sombre que la pupille, une goutte de sang perle. À l'endroit des veines, la chair a la teinte exacte des fleurs de pavot. Des étoilements percent la peau du ciel. Un vent de glace agace les mamelons. Mais la tête tourne. Quelqu'un agonise ; on perçoit son râle assourdi. Est-ce une souris empoisonnée dans un coin ? Tous les soleils éclatent en hoquets. La douleur se mue peu à peu en intense douceur. Les lèvres s'entrouvrent sur des mots très anciens. « Toi qui es et qui seras… » Alam touche les joues, les paupières. Il pleut dans la maison. L'eau ruisselle entre les seins, le long du ventre, sur les hanches de l'ombre jumelle. Poppy respire plus vite ; elle repousse l'étreinte du grand tatouage. Elle ressemble à la figure d'encre inscrite dans sa peau. Leurs chevelures se mêlent. « Ne me laisse pas, murmure-t-elle encore, les mains tendues. Ne me quitte jamais. » Un train siffle au loin. Dans l'immensité déserte, elle gémit très faiblement. *Autant pourrais-je me séparer de toi que de mon âme.* Le temps ploie avec tous les pavots de minuit. La beauté d'une morte luit dans ses yeux de deuil. « Viens, dit-elle. Dors tout contre moi. » Alam voyage à travers les ciels inconnus. Il traverse des pays raidis de gel, des campagnes aux robes gluantes et des villes qui dressent leurs gueules de chien d'attaque. On le chasse, lui et ses pareils, on lui proclame : « Il n'y a plus de guerre, il faut rentrer chez toi ! » *Ici je meurs tous les jours, là-bas je serai assassiné.*

Alam l'Évanoui tressaille contre la plaie fiévreuse

d'une femme. On entend un grondement de moteurs. Les réverbérations de phares se déploient en éventail sur les murs et le plafond. Mais il se rencogne dans sa nuit. Ses cils font un croisillon d'ombre. Poppy s'est redressée sur les coudes, si pâle dans la pluie de ses cheveux. L'ovale allongé de ses yeux, couleur de déchirure, se porte sur la nuque et la poitrine du jeune garçon. « J'avais déjà remarqué l'oreille » dit-elle en posant l'index sur la cicatrice en forme d'impact, juste sous le cœur. Alam laisse son visage se défaire comme une brume de chaleur. Le sommeil l'attire d'un dédale à l'autre. Dans la région des oasis où souffle le vent des Cent Vingt Jours, dans les nuits coupantes des montagnes de l'Hindou Kouch, sur les traces du léopard des neiges et du loup, à travers les steppes et les paluds, il marche, marche un rocher sur le dos. Des linges mouillés, des draps de sang parfois l'entravent. Il marche entre les tombeaux fleuris des champs. On croirait entendre les tirs d'une fête. Des enfants en haillons le suivent, ceux de Kaboul par milliers, ceux des égouts de Rome et du canal de l'Ourcq. Mais il s'éveille seul dans la chambre aux reflets. Poppy respire. Elle aussi marche dans la ville, loin des réverbères. L'averse lui trempe les os mais elle se sent bien. On dirait que la lumière tombe en gouttes par endroits. De grandes fleurs d'eau, vivantes méduses, brillent dans l'air. La rue paraît déserte ; on distingue une église découpée, des arbres qui frissonnent dans toute cette pénombre. Poppy dort, les yeux grands ouverts, du faux sommeil des condamnés et des martyrs. « Comment c'est arrivé ? » demande-t-elle, une main à plat sur sa poitrine. Sans réponse, elle se penche un peu plus et l'enlace. « Qui t'a fait ça ? » insiste-t-elle. Comment le saurait-il ? On sort d'une maison incendiée, les mains noircies, sans comprendre. Comment savoir ce qu'il y avait avant la mort ? Poppy s'enroule dans le drap et prend cet air de cruauté des petites filles. Elle semble brusquement invincible, hors d'atteinte comme la neige des cimes. « Moi aussi on m'a tuée. On tue les enfants avec toutes sortes d'objets. » Ses mains rassemblées, elle part d'un rire de statue, secret, caverneux. Mais son œil brille d'un seul diamant. La goutte d'eau qui manque à la mer, c'est cette larme. Alam ne veut plus l'entendre. Un vertige emporte les images. Drapé de pierre, il appelle Alam du fond de son cauchemar. Son frère voudrait lui parler par-delà la désunion et l'exil. Son frère lui ressemble trait pour trait. Mais c'est un démon, une sorte d'ange au sourire meurtrier. Ses mains brûlées se détachent en lambeaux. Est-ce lui qui a libéré l'otage ? Alam voudrait sauver Alam. Ses mots tracent un éclair et vont tinter au sol comme des douilles de kalachnikov. Lequel des deux s'est effacé ? Lequel est mort, lequel a survécu ? Le temps mène une guerre trop lente et trop cruelle.

14

Trois colonnes convergeaient vers la région de Sangin, en aval des contreforts du Goubahar. L'Évanoui marchait dans les pas du commandant Muhib. Depuis des semaines, il allait à ses côtés, sous sa protection exclusive. Le chef de guerre l'avait promu aide de camp dans un grand éclat de rire. En contrepartie, l'enfant devait prouver à chaque occasion son endurance et sa bravoure. Son fourniment était celui d'un fantassin adulte, avec parfois le lance-roquettes en sus. Il était désormais de toutes les sorties. Ustad Muhib ne pouvait guère se passer de sa mascotte. Il aimait en lui, outre un beau visage de fille, son dédain des manœuvres d'intimidation en situation extrême et cette indolence de chat au milieu des chacals et des chiens mordeurs. Le gosse ferait un jour un excellent kamikaze. Mais cette idée déplaisait au commandant. Il fallait accomplir la perfection avant le sacrifice. Et puis la compagnie du jeune soldat égayait ses journées de chef intraitable ; avec lui enfin, il pouvait vivre quelques moments de quiétude entre le thé et la prière. Pour l'heure, son fusil-mitrailleur sur l'épaule, l'Évanoui marchait à vingt pas, gracile figure de djinn entre deux colosses claudicants. Depuis le milieu de la nuit, il escaladait les abrupts et dévalait les ravines sans jamais se plaindre. Silencieux, il avançait à la suite de la colonne, prêt aux pires éventualités. Personne n'aurait pu imaginer, et Muhib moins qu'un autre, la stupeur qui l'habitait en toute circonstance. Aux bivouacs, la tête penchée sur ses genoux, il serrait entre ses doigts un cristal brut d'émeraude et une douille de cuivre au fond de ses poches. La mémoire d'un enfant flambe jusque dans l'oubli. Il n'éprouvait aucune frayeur. Mais on le décapitait dans ses rêves. Des inconnus souriants lui arrachaient les yeux. Son sang éclaboussait les visages de sa mère folle et de Ma'Rnina. Il n'y avait plus d'endroit pour lui où se cacher. Des grenades suspendues à sa ceinture, il marchait derrière des hommes surchargés de munitions, de cordages et de canons. Les étoiles étincelaient par grands pans entre les crêtes d'ombre. Le ululement des chouettes et les pleurs des chacals le guidaient plus sûrement que le pas lourd des insurgés.

Quand la lune pâlit sous les branches basses, l'Évanoui ressentit avec une sorte d'exultation désolée le ruissellement de la rosée sur son visage.

D'une allure décontractée de promeneur, le commandant Muhib menait ses troupes au sacrifice sans état d'âme. La guerre était pour lui la condition commune des humains sur cette terre. Il avait combattu les Soviétiques à vingt ans et l'Alliance du nord à trente, sans jamais cesser de tenir en respect clans et factions sur son territoire. Avant le jour, ses commandos allaient infiltrer une zone tombée aux mains des armées d'occupation, avec pour premier objectif de châtier un village félon. Tout son effort était d'éviter d'être repéré par les factionnaires d'une base opérationnelle avancée de la coalition, à vingt kilomètres de Salavat. Cerné par trois côtés, le village allait subir le sort des infidèles. On ne pouvait plus douter de la perfidie des cultivateurs locaux, nomades sédentarisés par l'appât du gain autant que par les longueurs du conflit, vendus aux barons de la drogue de Kandahar et aliénés par la force des choses au gouvernement et à une police régionale corrompue. Les clercs de sa bande, tous chantres du petit Djihad courant joyeusement à la mort, avaient moins d'indulgence pour ces misérables que pour les cochons sauvages des collines.

Un coq se mit à criailler dans la grisaille de l'aube. Campée en embuscade sur des tertres protégés de baliveaux, la colonne soudain distraite par l'appel d'un muezzin oublia son objectif pour s'adonner à la prière dans un cliquetis d'armes et de gamelles. En retrait, Ustad Muhib considéra cet agrégat de masures en torchis à l'abri d'un méandre de murets de pierres. On priait face à La Mecque là-bas comme ici, sans préjuger du destin. Il distinguait des fours en grès rouge avec leurs marmites à cuire le pain, des bêtes d'attelage et des brebis au fond des cours, un ancêtre d'argile sèche accroupi dans la poussière, terre bientôt mêlée à la terre, la brèche d'une ruine par où passaient les branches d'un figuier, des grenadiers en fleurs et des manguiers bridés de chiffons de couleur, des amphores posées en essaim autour d'un vieux puits à rotonde, la volaille baguenaudant sur le fumier et, plus bas, des clôtures de bois disloquées au-delà desquelles palpitaient, comme une mer au loin, les pétales flétris des pavots.

Un instant, il cilla sur le spasme bleuté du levant. C'était l'heure. L'ordre d'assaut déclencha un tonnerre. Tandis que les rebelles dévalaient de toutes parts les hauteurs, deux missiles et une volée de grenades jetèrent la confusion dans la bourgade. Sur le seuil de leurs masures, les paysans alertés scrutèrent le ciel avant de comprendre l'origine de ce coup de force. Plusieurs tombèrent devant leur porte ; d'autres, armés d'antiques fusils, maudissaient l'ennemi en tirant à l'aveuglette. Les insurgés ne furent pas long à forcer la résistance d'une poignée de patriarches. Entrés dans le village, ils abattirent un à un les mâles en âge de combattre. Le crépitement rapproché des fusils d'assaut jeta la panique dans les habitations. Des familles entières sautaient gauchement des fenêtres pour se précipiter vers les routes. L'assaillant ajusta ses tirs sur les silhouettes masculines qui s'écroulaient dans un soulèvement de voiles et de poussière. Une femme blessée au cou hurla des anathèmes en tentant de retenir des deux mains la vive écharpe pourpre. Plus effrayées des cris que du sang, deux fillettes l'implorèrent, rencognées contre un mur. À la suite des chèvres et des brebis, d'autres femmes s'enfuirent à travers les champs de pavots et la pierraille. Attaché à une borne, un âne brayait au milieu de la tuerie. Les grenades éclataient dans les granges, éteignant les cris et les pleurs. Derrière un muret, seul entre les rebelles, l'Évanoui n'avait pas usé de ses armes. Immobile au cœur du chaos, il tenait sa kalachnikov canon bas. Le crépitement de la mitraille et les explosions ne semblaient pas le concerner. À ce moment, il considérait la tragédie d'un œil tout extérieur. Comme en surimpression, d'autres carnages lui revenaient à l'esprit. Rien ne l'obligeait à tirer sur ces gens. C'était de pauvres récolteurs de lait de pavot comme on en croisait partout, de la pointe du Badakhchan à la vallée d'Arghandab. Ils lui rappelaient ceux de son village, au creux des montagnes. L'âne continuait de braire après que femmes et enfants s'étaient tus. Un chat s'échappa d'une embrasure. L'Évanoui songea qu'il ne verrait jamais plus son frère. Le commandant Muhib qui venait d'abattre un paysan armé d'une fourche l'aperçut alors et entra en fureur. Il le somma de se mêler promptement au combat, mais l'enfant restait inerte dans le petit matin, le regard accroché à la nuit des fenêtres. Les bras ballants, il n'entendait pas les injonctions du chef rebelle et de son garde du corps au profil d'aigle. Le beau visage de Malalaï dansait dans l'ourlet d'un nuage. « Tue-le et reprend ses armes ! » hurla Ustad Muhib. Une salve de kalachnikov fit rouler l'Évanoui sur le lit de cendres et de plumes d'une basse-cour.

L'éclat des armes cessa peu après dans un branle-bas. Le commandant ordonnait une retraite immédiate. Sans doute averties par quelque observateur, les forces héliportées de la coalition survolaient déjà les montagnes. Les insurgés fuyaient la danse des rotors au fond des talwegs. D'autres engins vinrent atterrir à proximité des bâtisses. Le soleil déjà haut repoussait les ultimes nébulosités au-delà des déchiquetures mauves des montagnes. Au vacarme des bombes et des rotors avait succédé le silence éreinté des campagnes à peine fendillé d'un chant de merle. Des militaires convoyèrent les blessés vers la carlingue d'un appareil ambulancier canadien. L'âne s'était remis à braire. D'autres cris, plus aigus, annoncèrent le retour des femmes des champs de pavots et des collines avoisinantes. Suivies d'une pagaille d'enfants, elles se précipitèrent vers les dépouilles alignées le long de la mosquée. Restés sur place avec un commando de parachutistes, le major Hélène et un infirmier déambulaient à travers le dédale pour secourir les derniers blessés blottis dans leurs masures. Alors que le médecin soignait le pied brisé d'un vieillard, son auxiliaire l'appela vivement à quelques murets de là. « Hélène, vite ! » criait-il. Aussitôt accourue, elle s'inclina sur l'enfant recroquevillé. « Trois balles de plein fouet, dit-elle. Je croyais qu'ils ne s'en prenaient qu'aux hommes… »

De retour de Kandahar, l'hélicoptère sanitaire convoya l'enfant mitraillé, une femme enceinte et le vieillard au pied brisé vers un hôpital civil. Aux urgences, on ne donnait pas cher de la vie du jeune garçon. La balle qui lui avait déchiré l'oreille et vrillé la nuque expliquait son état comateux. Mais le cœur n'avait été qu'éraflé. Deux opérations laissèrent le corps médical dans une expectative plutôt favorable. On avait inscrit sur un montant du lit le nom du village supposé de la victime et la nature des soins. Personne ne réclama l'enfant les jours et les semaines qui suivirent. Émue par son sort, le major Hélène qui l'avait escorté à Kandahar après lui avoir prodigué les premiers soins, vint le visiter un matin comme elle se l'était promis. Il venait justement de sortir du coma. Dans ses bandages et sous l'appareillage de perfusion et de contrôle cardiaque, il considérait la blondeur de la jeune femme en plissant les paupières, gêné par le rayon de soleil qui enflammait sa chevelure. « Comment t'appelles-tu ? demanda le major. Tu as bien un nom ? » Il ferma un œil et parut soudain infiniment triste. La doctoresse, troublée, voulut se rattraper. « Ce n'est pas grave, murmura-t-elle. Tu me le diras un autre jour. » Mais rattrapée par la multiplication des missions de secours, elle n'eut guère le loisir de revenir.

On ne retrouva évidemment pas la famille au village. Les paysans rescapés du massacre s'étaient repliés dans un mutisme que motivaient autant le mépris des étrangers fauteurs de guerre que la peur de nouvelles représailles. L'enfant à peu près rétabli fut confié à un foyer du Croissant rouge financé par des organisations caritatives internationales. Mais l'endroit était surpeuplé et le manque de personnel rendait caduc tout contrôle. Quelques semaines plus tard, il s'en échappait sans crainte d'être poursuivi. Privé d'identité autant que de ressources, encore vacillant du souffle de mort qui l'avait projeté dans un gouffre, il alla rejoindre la foule perdue des rues. Dans d'autres régions du monde, on pique en terre les yeux des enfants pour faire pousser une plante nourricière. À Kandahar comme à Kaboul, ceux-là sont comme la mauvaise herbe qu'on piétine ou arrache.

Né d'un chaos, il renoua sans même s'en souvenir avec les habitudes de vagabond acquises quelques années plus tôt dans une petite ville minière. Pour empocher l'équivalent d'un demi-dollar, il fallait empiler divers emplois, glaneur de cageots ou de bouteilles vides, laveur de vitres, coursier occasionnel. La concurrence avec les paysans réfugiés rendait plus ardue la besogne. Chaque jour surgissaient des caravanes cendreuses de fantômes chassés des campagnes stériles.

Dans la zone grouillante des bazars, l'enfant achevait sa journée en mendiant après l'avoir commencée en groom de taxis dans les beaux quartiers sur le qui-vive. Il tenait le bras de Gulzar, un jeune berger qui perdait la vue dès le coucher du soleil à cause d'un trachome provoqué par la sécheresse et l'éblouissement des montagnes. Épris du garçon à l'oreille arrachée, l'aveugle intermittent lui proposa un jour de gagner Kaboul en autocar. Là-bas, il y avait des gens fortunés qui buvaient du Coca et fumaient des Marlboro. On pouvait économiser un dollar par jour, le double ou le triple en se mêlant du trafic d'opium et de cannabis ou en se prostituant. Assez pour quitter l'enfer à jamais : direction l'Europe du nord ou l'Amérique. « Pourquoi tu n'éclates pas de joie ? lui demanda un matin de pluie le pâtre sorti de son éclipse. Et d'abord, c'est quoi ton nom ? Je ne vais tout de même pas t'appeler Esclave de miséricorde ou Serviteur du brave ! Pour l'instant, tu es Zia, ma lumière. Moi, c'est le Jardin de la rose. J'aurais préféré Massoud... »

À Kaboul, la concurrence avait des allures de foire d'empoigne. Les enfants des rues, par dizaines de milliers, et les foules des impotents et des réfugiés se disputaient en tous lieux quelques afghanis ou un morceau de pain. Incessamment refoulés des quartiers d'affaires où les Occidentaux se mêlaient à la bourgeoisie locale, Gulzar et son guide tentaient de se faufiler le long de vitrines pleines des joyaux de la paix armée. Il y avait plus à gagner dans ce périmètre que dans toute la ville. Une grande femme blonde ou rousse au visage découvert, parfois, ou un gaillard en treillis cintré et baskets de luxe, leur abandonnaient nonchalamment un dollar au creux de la paume. « Zia, Zia ! » déclara avec ferveur l'aveugle du soir en s'éveillant un autre jour. « Dommage que l'adoption est interdite en terre d'islam. Beau comme le soleil, tu serais vite devenu un fils de famille ! »

La nuit, les deux mendiants regagnaient le faubourg proche, un lieu escarpé que bordait une rivière propice aux ablutions. Ils s'étaient bâti une cabane avec des bouts de tôle, des cartons d'emballage et de grands sacs-poubelle. Souvent, ils retrouvaient leur campement démembré par les récupérateurs de vieux papiers et de métaux. À peine le jour levé, il fallait se soustraire aux rafles de la police comme aux incursions des services sociaux et des recruteurs salafistes. Ainsi qu'aux mauvais coups des agents de sécurité ou aux pillages en règle des bandes de gosses enivrés de vapeurs de colle. Il n'empêche que les dollars s'ajoutaient aux dollars. Le petit peuple des réprouvés et des errants connaissait bien les sociétés de transport routier aux portes de Kaboul et le nom de code des passeurs qui acceptaient une indemnité conséquente à l'insu des entrepreneurs ; mais seule une minorité pouvait s'offrir le voyage au fond d'une remorque de camion, dans une niche aménagée parmi les caisses d'agrumes, les rouleaux de tapis ou les caissons de métaux rares. Finir étouffé entre deux containers valait mieux que d'attendre l'ange Azraël dans l'indifférence générale.

La tombe n'est pas un endroit pour mourir. C'est ce que se disait l'Évanoui, grelottant dans le noir absolu, une main sur son moignon d'oreille. Il écoutait les cahots de la route et les halètements d'invisibles voisins assoiffés ou malades. Gulzar avait été repoussé au départ de Kaboul. Avec le crépuscule, il avait trébuché et les passeurs s'étaient récriés : « Reprends ton argent, on n'embarque pas les infirmes ! »

La route la plus sûre ne peut guère éviter celle de l'opium, aux frontières du Sistan-Baloutchistan, province du sud de l'Iran où défilent les convois armés des narcotrafiquants et les contrebandiers d'hydrocarbure. Pour déjouer les milices et autres rançonneurs, il fallut changer une première fois de véhicule, en pleine nuit, dans une ville inconnue, et suivre les dromadaires d'une caravane de marchands baloutches au gré des pistes rocailleuses, à l'arrière d'un vieux Berliet rempli de bidons d'essence tintinnabulants. Un autre véhicule – semi-remorque transportant des cuves de stockage garnies de clandestins et de quelques ballots d'opium dont la valeur avait largement décuplé depuis le troc en terre afghane – franchit cahin-caha des zones désertiques et des routes de montagne jusqu'à la frontière turque. Après maintes occasions de perdre la vie ou d'échouer en prison, une fois la Bulgarie et l'Albanie traversées, c'est sous les bâches d'un camion-benne qu'ils gagnèrent pour finir l'Italie. Dans la soute d'un ferry, toujours captifs du poids lourd, la rumeur de la mer remplaça le grincement des essieux. Ça bougeait drôlement, comme lors d'un tremblement de terre. Mais celui-ci dura des heures. Les images décousues d'un passé en ruine distrayaient du supplice d'être sans contours aucuns, puant et travaillé par la famine au creux de ténèbres. L'Évanoui voyait défiler des emblèmes – nuit d'étoiles mortes, vapeurs ocre de l'aube à travers les flammes d'un autocar dynamité, troupeau de chèvres mené par un prédicateur aux yeux fous, meute de chiens ou d'hommes autour d'une femme à genoux, éminences de glace en bordure d'horizon, nuit sans mémoire…

Parvenu sur une place déserte à onze heures du soir, entre un grand hôtel et la pyramide de la gare d'Ostiense, les passagers hagards furent chassés sans ménagement du véhicule. Le voyage s'arrêtait là, par décision arbitraire. Les clandestins floués devraient se débrouiller pour gagner la France ou l'Angleterre. « Mais on a payé ! » se récria l'un d'eux. Munis d'un cric et d'une barre à mine, les deux transporteurs n'eurent aucun mal à se faire entendre. Le camion-benne repartit après un demi-tour tonitruant. Déjà un maître-chien se dirigeait au pas de course vers les jeunes Afghans qui venaient de se rapprocher les uns des autres après des jours de claustration solitaire. Leur ballot sous le bras, ils déguerpirent du côté de la gare. Des vigiles les refoulèrent avant qu'ils n'eussent atteint la salle des pas perdus. Derrière une palissade, le long d'entrepôts, un gamin hilare d'allure familière leur fit signe de le suivre. « *Biyaa ! biyaa !* » soufflait-il en langue dari. Lui-même chargé d'un sac de corde, il guida la petite troupe vers une trappe de fonte entrouverte à l'abri d'un chantier. C'est ainsi que l'Évanoui et les autres clandestins gagnèrent des galeries souterraines et enfin les égouts par un dernier boyau. Plus d'une vingtaine de gosses âgés de dix à quinze ans vivaient là, couchés sur des cartons le long d'allées étroites, au bord d'une eau noire et sous des voûtes suintantes. Seul à parler quelques mots d'italien, leur sauveur était chargé d'acquérir ou de grappiller des victuailles à la surface. Comme lui, la plupart des réfugiés avaient traversé une partie de l'Asie mineure et de l'Europe, via l'Iran, la Turquie puis la Bulgarie ou la Macédoine, avant d'atteindre l'Italie par la mer Adriatique. Des côtes des Pouilles à Rome, il n'y avait qu'une promenade après les affres d'une expédition au péril de sa vie. Pour la première fois depuis des mois, l'Évanoui sentit poindre en lui une sensation d'amnistie ou de rémission. Tadjiks, Hazaras ou Pachtounes, les gosses des égouts étaient presque joyeux malgré les rats et la pestilence. Nul bombardier ne survolait la gare. On n'entendait plus le souffle des attentats ou les cris étranglés d'innocents pourchassés. Aucun barbu sentencieux ne les harcelait. À peine compatissants, les émigrés adultes vivaient à l'écart, dans les sous-sols désaffectés de la gare qui communiquaient avec les égouts. L'Évanoui s'étonnait qu'on pût se côtoyer sans se battre et s'outrager dans de pareilles conditions. Ses compagnons riaient souvent en grignotant des fruits blets et du pain. Dans la pénombre entretenue par trois lampes à huile bricolées avec une mèche d'amadou et des culs de bouteille, ils contemplaient ces oubliettes ruisselantes où les rats s'affairaient entre cloaques et puisards. Un Pachtoune de trois ou quatre ans son aîné évoquait la France, pays des droits de l'homme, et Paris par ouï-dire. « Sous le pont d'Alam, pas loin de la tour Eiffel, c'est plein de réfugiés. Il y a mes frères, là-bas. » Le nouveau venu lui fit répéter le nom du pont et le bredouilla méditativement. Il se souvint alors avec une neuve stupeur qu'on l'appelait l'Évanoui en un autre temps.

Quand la police ferroviaire et les carabiniers investirent en force les galeries, il s'était isolé pour faire ses besoins dans un conduit de dérivation. Seul réchappé du coup de filet, il quitta les lieux quelques heures plus tard et erra jusqu'au soir. L'air des rues était saturé d'un parfum puissant de feuillage et d'encens. Par distraction ou curiosité, avec une prudence de chat, il se faufila dans l'enceinte de la gare en empruntant le grand hall et se retrouva bientôt sur les quais. Un train de nuit était en partance, un rapide pour Amsterdam, via Turin, Lyon et Paris. Paris, ce nom magique résonnait par tous les haut-parleurs. Comment il s'était retrouvé dans une cabine de première classe, rassasié et bercé au secret d'une couchette, sous la protection facétieuse d'un vieux couple de Néerlandais, il ne s'en inquiéta pas longtemps. Le sommeil l'arracha d'un coup d'aile à mille milles de toute perplexité. Un adage pachtoune prétend que chaque prodige concédé sur cette terre sera acquitté le jour du Jugement. Mais la nuit l'emportait loin des chefs de guerre, des mollahs et des carabiniers, vers le pays des droits de l'homme.

15

Dans son rôle de fileur de comètes, Roge s'est aventuré jusqu'au canal d'un pas traînant, un sac de toile sur l'épaule, loin de l'impasse de l'Usine à briques et de la rue des Déportés, aux confins de la zone des Vignes. Les patrouilles de police ne s'intéressent guère à un ivrogne à la trogne recuite. Les dealers d'en bas le connaissent de vue sans l'associer au gang du Kosovar. On l'ignore du coin de l'œil, comme tous les vieux à la dérive. De retour à l'impasse, Roge a glané assez de signaux pour nourrir ses prédictions. « On va dans le mur, faut planquer la came et décamper dans l'heure. »

S'il encourage les informations, le Kosovar déteste les conseils. Depuis qu'il se mêle du secteur de l'artillerie, un sentiment d'invulnérabilité l'accompagne. Manipuler une kalachnikov ou un lance-roquettes lui rappelle les temps héroïques. Il a toujours aimé les armes. À dix ans déjà, sur les bords de l'Ibar, dans la région de Leposavić, il s'amusait à faire exploser des cartouches volées à son père à coups de pavés et de barres de fer. Un peu plus tard, il trafiqua un pistolet à grenaille pour tirer à balles réelles. La guerre du Kosovo était venue sanctionner ses jeux : on lui demandait soudain de mettre ses rêves d'enfant à l'épreuve… La compagnie des armes vaut bien celle des hommes. Mais ce n'est qu'un hobby, un produit d'appel. L'argent sonnant vient du junk. Comme ses concurrents de Marseille ou de la capitale, il n'en possède pas moins un bel arsenal. En une heure de temps, lui et ses associés ont vidé les planques : faux plafond, conduite d'égout, cave de la nourrice, vieilles tombes du cimetière. Trois caisses rassemblent en vrac les lance-grenades, pistolets-mitrailleurs Scorpio, automatiques, chargeurs en pagaille, engins explosifs et dispositifs de mise à feu. Mais ce matériel est banni de l'usage courant. Aux vrais amateurs de se l'offrir, ceux du grand banditisme, la clientèle de Montreuil ou des Champs-Élysées, les pilleurs de fourgons, les racketteurs de boîtes de nuit, les braqueurs de banques en réunion. Le Kosovar leur procure à la demande un fusil de sniper M76 Zastava, un lance-roquettes M80 Zolja ou un fusil d'assaut M70. Tout le bonheur des dames. Ses fournisseurs des Balkans qui se ravitaillent dans les stocks des ex-milices serbes et croates ou de l'Armija bosniaque seraient bien capables de lui livrer un tank s'il en passait commande. Pas question toutefois d'en faire usage sur son territoire : quelques armes de poing de fabrication soviétique suffisent à effarer n'importe quel provocateur. Le bijoutier ne sort pas avec ses diamants. Quant aux dealers d'en bas, ramassis d'aztèques et de branques, ils ne détiennent probablement que des pistolets d'alarme bricolés, des fusils à pompe aux réducteurs sciés, au mieux des imitations en calibre 12 de famas ou de kalachnikov achetées une fortune aux ateliers de réparation de Drancy ou de La Courneuve.

Sur son ordre, Mehmed a mobilisé les derniers fidèles. Il rit tout seul des prétentions du boss. À part Samir et Yann, assez remontés contre le gang du canal, qui va l'épauler ? Les Marches Sèches et le Plateau ont jeté l'éponge depuis un bail. Restent un ancien blédard passé au rideau, et le chérubin. Sans oublier la junkie, partie pour la gloire au pavillon. Personne pour sauver la face. Rien qu'une armée sans troupe. Lui n'a qu'une idée : rentrer chez sa frangine, à Bagnolet, et tirer sur le bambou, tranquillement, seul à seul avec la fée noire. Les Corinne et autres Lili Pioncette peuvent aller se rhabiller. Rien de tel qu'une boulette d'opium pour changer de planète.

Remis en branle, le bloc électrogène tousse et crache pendant que les lampes clignotent. Au loin, une alarme d'usine répond au sifflet des trains. « Bon ! clame le Kosovar, puisque tout le monde est là… » Jailli des ténèbres du hangar, Yann met le pied dans un rond de lumière. « La camionnette est réparée ! » annonce-t-il avec un accent triomphal. Et, plus humblement : « On pourrait se cramper tant qu'on n'est pas frits. » Accroupi près d'un brasero éteint, Alam écoute les uns et les autres. Les paroles longtemps opaques se délient peu à peu ; il reconnaît presque tous les mots et tournures de cette langue : *truc de ouf, chelou, gun*… Mais sans capter grand-chose des intentions qu'elle cache.

Une panique de naufrage règne dans l'usine. Le gang du canal et ses partisans ont promis une descente. Mehmed, nerveux, prétend même que ce sera sanglant. Lâchant des ordres contradictoires, le Kosovar semble dépassé. Il va et vient, jette un regard depuis la baie sur les lumières des faubourgs, s'agenouille pour examiner une arme dans les caisses de bois, s'inquiète subitement de Poppy. Tout à l'heure, convoqué en urgence, Alam l'a suivi sur la passerelle branlante au fond de l'impasse. Ils ont dévalé un chemin bordé de ronces jusqu'au cimetière. On venait d'entendre la cloche de fermeture.

Dans cette division désaffectée du fond, juste en dessous de la briqueterie, s'alignent de vieilles tombes au stuc délité. L'une d'elles, à l'abri d'un laurier envahissant, est coiffée d'un bout de tôle que maintiennent les débris d'un calvaire de ciment. Une fois la dalle éventrée mise à nu, avec en bordure l'inscription « regrets éternels », le Kosovar fait signe à l'enfant. Celui-ci recule d'instinct à bonne distance du trou, se remémorant l'exécution de paysans au fond de tranchées creusées de leurs mains. Un grand cabas de toile à ses pieds, le Kosovar le considère avec surprise. « Qu'attends-tu pour descendre ? »

On ne saurait désobéir à celui qui vous tient à merci. L'odeur d'une vieille tombe évoque le printemps dans les montagnes. La terre percée de racines s'effrite autour de lui. Il soulève quelques planches jonchées de sable et de cailloux. Enveloppées dans des sacs-poubelle, les armes maintenant défilent. Couché sur le ventre, ses bras tendus, le Kosovar les récupère une à une. L'enfant entrevoit la découpe assombrie de son visage au bord du tombeau. Il doit se cramponner aux racines pour atteindre ses vastes mains. De nouveau, un tremblement le saisit au souvenir d'Alam. Lequel a survécu ? Lequel dans la fosse a mangé la terre ? Plus lourd, un lance-missiles langé de plastique glisse entre ses doigts et percute violemment son épaule. Il le rattrape par le canon en se mordant la lèvre. Se plaindre est défendu ; un soldat ne doit rien trahir de ses sentiments. Il aurait bien voulu dire au Kosovar qu'il ne le laisserait pas, qu'on pouvait lui faire confiance, qu'il resterait à ses côtés jusqu'au bout sans pleurnicher.

En deux ou trois voyages dans la nuit montante, le caïd et l'enfant ont rapatrié les armes à la briqueterie. Trois caisses palettes attendent d'être scellées. Mehmed et les deux autres tournent autour, fumant cigarette sur cigarette. Dans l'encoignure d'un four à briques, Roge sirote une bouteille de whisky. Le silence du soir est comme feuilleté de bruissements. Les passereaux se sont tus mais certains piaillent en rêvant dans les arbres. Alam écoute l'écho reculé d'un merle. C'est le même couplet qu'autrefois. N'y aurait-il qu'un merle qui chante au monde depuis le début des temps ? L'ancien baroudeur tout à fait ivre grommelle un air antique :

*Au cours de nos campagnes lointaines,
Affrontant la fièvre et le feu...*

Les genoux serrés, la tête sur ses poings, Alam épie le désarroi du caïd. D'évidence, celui-ci hésite entre résistance et débâcle. Il remarque ses gestes brusques et ses abattements soudains. Le Kosovar jette des coups d'œil à tout moment vers les portes, les escaliers de secours, la lumière rasante du crépuscule à travers les armatures de béton. Le vieillard qui s'est dressé, vacillant, brandit son flacon :

*Oublions avec nos peines,
La mort qui nous oublie si peu.
Nous la légion !*

S'il avait su rire, Alam aurait au moins souri. Il s'étonne seulement de la tension peu commune des derniers fidèles, Mehmed surtout, qui tangue en danseur de tango, une cigarette mal roulée au bout des lèvres. L'Antillais fait le guet du côté de la rue des Déportés, Samir à l'opposé. Alam voit briller le canon d'un fusil à pompe. Dans l'encadrement de ciment d'une baie, un vol oblique d'hirondelles et le balancement d'une cime de peuplier se détachent sur l'éclat noir de l'azur. « Vacherie ! grommelle hors de lui Mehmed. On va pas attendre de se faire allumer ! » Les traits tirés, le Kosovar le dévisage avec un fond d'exaspération. Sans même que la tête bouge, ses yeux glissent de l'un à l'autre, comme dessillés, pour s'arrêter enfin sur le jeune garçon. « Cours chercher les képas chez la nourrice ! » lui lance-t-il. Devant l'air ahuri d'Alam, il part d'un rire nerveux. « Les deux paquets de blanche, ramène-les-moi, la vieille a mes instructions. Mais ne réveille surtout pas la petite si elle pionce… »

À l'angle de l'impasse et de la rue des Déportés, une moto file en trombe, suivie d'autres. Alam n'y prend pas garde et gagne la chambre de Poppy. Son kit déployé sur la table de nuit, elle semble tout à fait éveillée. Presque nue sous son ombre tatouée et ses piercings, les paupières mi-closes, elle contemple le plafond où passent des rais d'étoiles filantes. Alam s'est penché et l'embrasse comme un homme au coin des lèvres. La vieille l'a rejoint avec les colis. « Vite ! dit-elle. La flicaille patrouille. »

À la briqueterie, c'est le branle-bas. Samir a rapproché la camionnette. On descend les caisses d'armes. Le Kosovar a pris Alam à l'écart, comme pour le consoler. « Tu vas devoir être très courageux » souffle-t-il à son oreille. Sans transition, il lui ordonne d'ouvrir son anorak et, muni d'un fort rouleau de ruban adhésif, s'emploie à fixer les paquets d'héroïne autour de sa poitrine. Exultant à l'autre bout de l'usine, Mehmed achève d'assembler les pièces d'un Beretta 92. Alarmé par toute cette agitation, le Roge titube sans bien comprendre. « Toi, tu gardes le château et la châtelaine ! » lui lance le Kosovar en lui fourrant une poignée de billets de banque froissés dans une poche.

Yann et Samir sur la motocyclette, un Custom Chrome large comme une berline, Mehmed au volant de la camionnette et le caïd à la place du mort, le gang de la zone des Vignes au grand complet quitte au pas l'impasse de l'Usine à briques. Assis à l'arrière sur les caisses d'armes de guerre, Alam se répète mentalement son ordre de mission : au moindre incident, filer au plus vite et se débrouiller pour mettre le junk à l'abri dans la tombe des « regrets éternels ». Une giboulée éclaire l'asphalte du reflet des réverbères. Au moment de tourner, à l'angle de la rue des Déportés, des cris aigus se font entendre, derrière eux, dans l'impasse. C'est Poppy, les cheveux défaits, une veste en fourrure ouverte sur son corsage, qui se tord les chevilles à courir sur ses hauts talons. « Attendez-moi ! Bande de salauds, lâchards ! » hurle-t-elle, déjà trempée. Furieux, le Kosovar projette son pied gauche sur la pédale du frein. « Juste une seconde ! » dit-il en s'éjectant du véhicule sans rabattre la portière.

La friture des pistolets automatiques et le claquement de bouchon de champagne des fusils à pompe font moins de bruit que les trains crissant sur les rails humides. Touché aux jambes, le Kosovar s'est affaissé à l'angle de l'impasse sans distinguer ses agresseurs. Poppy aussitôt se jette sur lui pour le protéger des balles. « C'est un guet-apens ! » braille Mehmed dans cette seconde de sidération qui suffit à calculer ses chances. Yann et Samir, pris au dépourvu, abandonnent précipitamment la moto, laquelle bascule sur la chaussée. Effarés, ils répliquent à l'estime par des tirs sporadiques tout en se repliant vers la briqueterie. Une averse de projectiles balaye les façades. Seul au volant de la fourgonnette, Mehmed semble découvrir l'aubaine et appuie à fond sur l'accélérateur en virant à gauche, vers l'autoroute, du côté libre de la rue. Mais la mitraillade redouble. Ses pneus arrière crevés, le véhicule privé de direction patine et va percuter une haute armoire électrique qui se renverse dans un geyser d'étincelles. Tous les réverbères s'éteignent à proximité. Sous le choc, à l'arrière, les lourdes caisses démantibulées ont défoncé la portière. Alam, rudement secoué, s'est retenu aux montants d'acier. Dans la nuit accusée par la panne de secteur, il cherche un sens à ce chaos. Des dizaines de silhouettes se profilent sur les talus et les murets d'enceinte. Entre deux tirs groupés, on s'élance, ici et là, tête baissée. Des canons brillent sous la pluie. Il distingue des mobylettes couchées, plusieurs voitures en travers du macadam. La guerre s'est donc étendue au reste du monde ? Le Kosovar perd son sang. Il ne peut pas se relever. En mauvaise posture sous le feu ennemi, Poppy l'étreint follement. Depuis les baies de l'usine, l'éclair continu des explosions provoque des halos d'or dans la brume hachée du soir. L'Antillais et Samir répondent au feu nourri des troupes d'en bas. Mehmed s'est extirpé à plat ventre de la fourgonnette. Il empoigne des deux mains son Beretta sous une pluie d'étincelles. « Connerie ! » grommelle-t-il sans appuyer sur la détente. Tirant quelques rafales au petit bonheur pour afficher leur puissance de feu, les dealers du gang du canal se déploient et s'approchent.

Engoncé sous les paquets fixés à son torse, Alam s'est laissé glisser au sol, entre les caisses disloquées. Il n'a rien oublié des gestes utiles. Sa mission est toujours aussi simple : défendre son chef jusqu'au bout. Le choix des armes, il le connaît par cœur : kalachnikov, lance-roquettes, revolver automatique. Les chargeurs rejoignent l'émeraude et la douille de cuivre dans ses poches déformées. Deux ogives gonflent un peu plus son anorak. En quelques mots, la prière est dite. Alam marche sur l'ennemi, un soleil de mort dans les yeux. Absent au monde, l'esprit ailleurs, il ne fait qu'obéir aux ordres. Une petite voix murmure sa plainte tout au fond de lui : je ne sais pas mon âge, j'ai faim, mon cœur s'est arrêté. Enfant de loup, il marche sans peur ni regret. Des étoiles filantes déchirent les frondaisons. Quand il se met à tirer à son tour, un goût de poussière et de sang emplit sa gorge. La surprise est grande en face. Des glapissements de douleur fusent, des exclamations d'effroi. Un brusque mouvement de repli vers des positions couvertes s'accompagne d'une série de détonations. Alam ne veut pas céder le terrain. Il balaye au pistolet-mitrailleur les talus et les voitures d'où partent les salves d'automatiques. Mais son chargeur est vide. Une roquette bien ajustée fait diversion. Deux voitures explosent et s'embrasent. Alam a rechargé son PM. Il marche sur l'ennemi sans baisser la garde. On entend d'autres cris ; des corps s'affaissent. Des ombres grotesques détalent sous l'averse. « C'est un fou ! » braille quelqu'un dans la nuit.

D'abord mêlées aux sifflements des trains, les sirènes de voitures de police se détachent, de plus en plus tonitruantes. Bientôt, une constellation de gyrophares remonte l'avenue de la Déviation et le boulevard Barbusse. Alam avance d'un même pas entre flammes et ténèbres. Les véhicules des dealers achèvent de brûler. Les jets d'étincelles qui ne cessent d'échapper de l'armoire de fer finissent par embraser la fourgonnette. Motocyclettes et vélomoteurs démarrent un peu partout. L'ordre d'évacuation semble être tombé du ciel. Alam épargne ceux du canal qui tentent de récupérer les blessés. Cependant de nouvelles troupes, casquées, fusils en bandoulière, viennent se masser de part et d'autre de la rue des Déportés. Braqués sur lui, des dizaines de phares l'éblouissent. Alam doit combattre. Un soldat de Dieu ne saurait se dérober aux commandements. Dès la première rafale, les forces de police reculent en désordre derrière le mur de lumières. Des officiers se hissent sur le toit d'un fourgon. L'un d'eux brandit un mégaphone : « Inutile de résister, jetez vos armes ! » Mais une bordée de grenades lacrymogènes suit à contretemps l'annonce. L'averse qui redouble hache les gaz stagnants. Alam attache son foulard sous les yeux. En réplique, il ajuste une roquette sur la muraille des fourgons. L'explosion se répand en feu d'artifice. Voitures de pompiers et ambulances, d'autres sirènes mugissent autour du secteur. Les rotors d'un hélicoptère vrombissent au-dessus des voies ferrées. Avant que l'engin ne se pose à distance, le souffle des pales disperse les fumées ocre des lacrymogènes. Alam songe au sommeil lisse des morts. Pour la première fois, il revoit son frère couché à terre, une main ouverte, l'autre posée sur sa joue, tandis qu'une mare bitumeuse se répand et que des billes de poussière roulent dans cette dernière ombre. Là-bas, le porte-voix lance un ultimatum. Une rangée de boucliers dissimule les troupes d'assaut. Alam ne les redoute nullement. On ne lui a pas enseigné la peur. Après la pluie, une douceur inconnue émane des senteurs mêlées d'incendie et d'herbe mouillée. Sa kalachnikov brandie, sans plus attendre, Alam s'emploie à vider un nouveau chargeur.

Descendu de l'hélicoptère, le commando de tireurs d'élite s'est vite mis en place. Les carabines de précision s'inclinent en faisceau sur l'enfant soldat. Trois balles l'atteignent en pleine poitrine. Il roule sur lui-même comme une antilope abattue dans sa course. Des cris déchirent cette brusque accalmie. Talons en main, Poppy se précipite pieds nus vers Alam, pleurant, le souffle perdu. « Ne tirez plus ! » ordonne une voix qui se défait en échos métalliques. La jeune femme s'est coulée au sol. Les genoux dans une flaque de sang, elle baise les cheveux d'Alam. Les cils clos sur un visage sage, il semble dormir.

Un nuage de poussière s'élève de sa poitrine. « Vous l'avez tué ! » sanglote-t-elle en ouvrant son anorak sur les paquets déchiquetés. Il ne pleut plus. La neige volète dans la brise. Par endroits, amalgamée au sang, elle prend un aspect brun de résine. « C'était un enfant, gémit encore Poppy. Rien qu'un enfant. » Ceinturée par un membre de la brigade anti-criminalité, on la traîne vers les fourgons, la face maculée de poudre d'héroïne. Quand Roge, des larmes d'eau-de-vie plein les yeux, s'approche du cadavre, un CRS le repousse sans ménagement. « Il n'y a plus rien à voir, dit-il. Rentrez vous coucher ! » Des officiers de la police judiciaire accourent. « Nom de Dieu ! C'était un gosse ! » s'effare l'un d'eux. L'explosion d'un réservoir d'essence, là-bas, contre l'armoire électrique, illumine la façade de la briqueterie et jette une draperie d'or sur l'asphalte. Les sirènes des pompiers et des ambulanciers ne cessent plus de mugir. Après les photographies d'usage, l'un des fonctionnaires jette une bâche sur Alam.

DU MÊME AUTEUR
ROMANS & RÉCITS

Un rêve de glace, Albin Michel, 1974 ; Zulma, 2006.
La Cène, Albin Michel, 1975 ; Zulma, 2005 ;
Le Livre de Poche, 2011.
Les Grands Pays muets, Albin Michel, 1978.
Armelle ou l'Éternel retour, Puyraimond, 1979 ;
Le Castor Astral, 1989.
Les Derniers Jours d'un homme heureux, Albin Michel, 1980.
Les Effrois, Albin Michel, 1983.
La Ville sans miroir, Albin Michel, 1984.
Perdus dans un profond sommeil, Albin Michel, 1986.
Le Visiteur aux gants de soie, Albin Michel, 1988.
Oholiba des songes, La Table Ronde, 1989 ; Zulma, 2007.
L'Âme de Buridan, Zulma, 1992 ; Mille et une nuits, 2000.
Le Chevalier Alouette, Éditions de l'Aube, 1992 ;
Fayard, 2001.
Meurtre sur l'île des marins fidèles, Zulma, 1994.
Le Bleu du temps, Zulma, 1995.
La Condition magique, Zulma, 1997.
(Grand Prix du roman de la SGDL)
L'Univers, Zulma, 1999 et 2009.
La Vitesse de la lumière, Fayard, 2001.
La Vie ordinaire d'un amateur de tombeaux,
Éditions du Rocher, 2004.
Le Ventriloque amoureux, Zulma, 2003.
La Double Conversion d'Al-Mostancir, Fayard, 2003.
La culture de l'hystérie n'est pas une spécialité horticole,
Fayard, 2004.
Le Camp du bandit mauresque, Fayard, 2005.
Palestine, Zulma, 2007 ; Le Livre de Poche, 2009.
(Prix des cinq continents de la Francophonie 2008,
Prix Renaudot Poche 2009)
Géométrie d'un rêve, Zulma, 2009.

NOUVELLES

La Rose de Damoclès, Albin Michel, 1982.
Le Secret de l'immortalité, Critérion, 1991 ;
Mille et une nuits, 2003.
(Prix Maupassant)
L'Ami argentin, Dumerchez, 1994.
La Falaise de sable, Éditions du Rocher, 1997.
Les Indes de la mémoire, L'Étoile des limites, 1999.
Mirabilia, Fayard, 1999.
(Prix Renaissance de la nouvelle)
Quelque part dans la voie lactée, Fayard, 2002.
La Belle Rémoise, Dumerchez, 2001 ; Zulma, 2004.
Vent printanier, Zulma, 2010.
Nouvelles du jour et de la nuit : le jour, Zulma, 2011.
Nouvelles du jour et de la nuit : la nuit, Zulma, 2011.

ESSAIS

Michel Fardoulis-Lagrange et les évidences occultes,
Présence, 1979.
Michel Haddad, 1943/1979, Le Point d'être, 1981.
Julien Gracq, la forme d'une vie, Le Castor Astral, 1986 ;
Zulma, 2004.
Saintes-Beuveries, José Corti, 1991.
Gabriel García Márquez, Marval, 1993.
Les Danses photographiées, Armand Colin, 1994.
René Magritte, coll. Les Chefs-d'œuvre, Hazan, 1996.
Du visage et autres abîmes, Zulma, 1999.
Le Jardin des peintres, Hazan, 2000.

Les Scaphandriers de la rosée, Fayard, 2000.
Théorie de l'espoir (à propos des ateliers d'écriture), Dumerchez, 2001.
Le Cimetière des poètes, Éditions du Rocher, 2002.
Le Nouveau Magasin d'écriture, Zulma, 2006.
Le Nouveau Nouveau Magasin d'écriture, Zulma, 2007.

THÉÂTRE

Kronos et les marionnettes, Dumerchez, 1991.
Tout un printemps rempli de jacinthes, Dumerchez, 1993.
Le Rat et le Cygne, Dumerchez, 1995.
Visite au musée du temps, Dumerchez, 1996.

POÈMES

Le Charnier déductif, Debresse, 1968.
Retour d'Icare ailé d'abîme, Thot, 1983.
Clair venin du temps, Dumerchez, 1990.
Crânes et Jardins, Dumerchez, 1994.
Les Larmes d'Héraclite, Encrages, 1996.
Le Testament de Narcisse, Dumerchez, 1997.
Une rumeur d'immortalité, Dumerchez, 2000.
Le Regard et l'Obstacle, Rencontres, 2001.
(en regard du peintre Eugène van Lamswerde)
Petits Sortilèges des amants, Zulma, 2001.
Ombre limite, L'Inventaire, 2001.
Oxyde de réduction, Dumerchez, 2008.

LA COUVERTURE
D'*Opium Poppy*
A ÉTÉ CRÉÉE PAR DAVID PEARSON
ET IMPRIMÉE SUR OLIN ROUGH
EXTRA BLANC PAR L'IMPRIMERIE
FLOCH / J. LONDON À PARIS.

LA COMPOSITION,
EN GARAMOND ET MRS EAVES,
ET LA FABRICATION DE CE LIVRE
ONT ÉTÉ ASSURÉES PAR LES
ATELIERS GRAPHIQUES
DE L'ARDOISIÈRE
À BÈGLES.

IL A ÉTÉ ACHEVÉ
D'IMPRIMER EN FRANCE PAR
L'IMPRIMERIE FLOCH À MAYENNE
SUR LAC 2000 LE DOUZE MAI
DEUX MILLE ONZE POUR LE COMPTE
DES ÉDITIONS ZULMA,
HONFLEUR.

978-2-84304-566-0
N° D'ÉDITION : 566
DÉPÔT LÉGAL : MAI 2011

❋

NUMÉRO
D'IMPRIMEUR
79654

❋

IMPRIMÉ EN FRANCE